WISHBOOKS MODERN FANTASY STORY

세상S 장편소설

# 뜨겁게 던져라

# 뜨겁게 던져라 6

세상S 장편소설

초판 1쇄 찍은 날 | 2018년 4월 13일
초판 1쇄 펴낸 날 | 2018년 4월 20일

지은이 | 세상S
펴낸이 | 예경원

기획 | 위시북스
편집책임 | 이규재
편집 | 이즈플러스

펴낸곳 | 예원북스
등록번호 | 제396-2012-000132호
등록일자 | 2012. 7. 25
KFN | 제1-240호

주소 | 경기도 고양시 일산동구 호수로 646-24 위너스21 II 빌딩 206A호 (우)10401
전화 | 031-819-9431 팩스 | 031-817-9432
E-mail | yewonbooks@naver.com



ISBN 979-11-6098-902-1 04810
979-11-6098-591-7 (set)


※ 이 도서의 국립중앙도서관 출판시도서목록(CIP)은 서지정보유통지원시스템 홈페이지(http://seoji.nl.go.kr)와 국가자료공동목록시스템(http://www.nl.go.kr/kolisnet)에서 이용하실 수 있습니다.

WISHBOOKS MODERN FANTASY STORY

세상S 장편소설

# 뜨겁게 던져라

6

- 자이언츠의 강동원 -

# 뜨겁게 던져라

# CONTENTS

# 25장
# 포스트시즌

# 1

경기가 끝나고 강동원은 간단히 샤워를 한 후 인터뷰 룸에 모습을 드러냈다. 그곳에는 브루스 보체 감독과 주장인 비스트 포지가 있었다.

기자들의 질문은 강동원에게 쏠렸다.

"강! 우선 메이저리그 첫 승리를 축하합니다."

"김사합니나."

"중요한 경기에서 팀을 승리로 이끌었는데요. 간단히 소감을 말씀해 주세요."

"우선 팀의 승리에 기여할 수 있어 무척이나 기쁩니다. 그리고 오늘 같이 중요한 경기에 기회를 준 브루스 보체 감독님께도 감사합니다."

"오늘 경기에 임하는 각오가 남달랐을 것 같은데요."

"사실 전 매 경기를 생애 마지막 경기라는 생각을 가지고 올라갑니다. 그리고 공 하나하나에 최대한 집중하려고 애씁니다. 다행히 오늘 경기는 운이 따라서 좋은 결과를 얻을 수 있었던 것 같습니다."

"하하, 행운이 따랐다니 겸손이 지나친 것 같습니다. 강은 올해 마이너리그 계약을 하고 자이언츠에 입단한 루키입니다. 그전까진 프로 경험이 전혀 없는 것으로 알고 있는데요. 사실입니까?"

"네, 그렇습니다."

"프로 경력이 없는 것치고는 너무나 잘 던져 줬는데요. 마운드 위에서 떨리지 않았나요?"

"당연히 떨렸습니다. 하지만 저는 세계 청소년 야구 선수권 대회 결승전에서도 나라를 위해 던진 경험이 있습니다. 그 덕분에 부담감을 잘 이겨낼 수 있었던 것 같습니다."

인상 좋은 기자의 질문이 끝나자 그 옆에 앉아 있던 기자가 마이크를 이어받았다.

"오늘 포심 패스트볼이 정말 좋았습니다. 불펜에서도 느낌이 좋았나요? 아니면 타자들을 상대하면서 자신감을 얻은 건가요?"

"불펜에서 몸 풀 때부터 포심 패스트볼이 괜찮게 들어가고 있다는 것을 느꼈습니다. 그래서 경기 내내 최대한 적극적으로 사용하려고 노력했습니다."

"6회까지 던진 투구 수가 많지 않았습니다. 7회에도 충분히 투구를 이어갈 수 있었던 것 같은데 강판이 됐습니다. 그때 몸 상태는 어땠나요? 그리고 교체를 하겠다고 말을 들었을 때 기분은 어땠나요?"

"사실 브루스 보체 감독님의 주문은 5회까지였습니다. 그런데 한 회 더 기회를 주신 거죠. 물론 몸 상태는 좋았습니다. 다만, 한계 투구 수를 80구로 잡고 있었기에 교체를 선택할 수밖에 없었습니다. 전 이제 막 올라온 루키니까요. 어깨를 보호해야겠죠? 하하하! 물론 투수로서 솔직히 제 심정을 말씀드리면 7회까지 던지고 싶었습니다. 하지만 감독님과 코치님들이 충분히 상의해서 교체하는 것이 좋다는 판단을 내렸다고 생각합니다. 그래서 크게 기분이 나쁘지는 않았습니다. 솔직히 조금 후련한 기분도 들었고요."

"자이언츠의 주전 포수이자 메이저리그 최고의 포수 중 한 명으로 꼽히는 비스트 포지와의 호흡은 어땠습니까?"

"호흡에는 전혀 문제가 없었습니다. 전 그저 포지가 주문한 곳으로 공을 던졌을 뿐입니다. 오늘의 호투는 포지의 노

련한 리드 덕분입니다. 덕분에 저도 포지가 왜 현존하는 최고의 포수인지 다시금 깨닫게 되었습니다."

"앞으로 목표나 계획은 어떻게 됩니까?"

"자이언츠의 우승에 일조하겠습니다. 그것 말고는 현재 없습니다."

"마지막으로 묻겠습니다. 감독으로부터 특별한 주문은 없었습니까?"

"아니요, 없었습니다. 그냥 편안하게 던지고 오라는 말뿐이었습니다."

이후에도 수십여 개의 질문에 대답을 하고서야 강동원의 인터뷰는 끝이 났다. 뒤이어 브루스 보체 감독과 비스트 포지의 인터뷰가 이어졌지만 강동원처럼 오랜 시간이 걸리지는 않았다.

인터뷰 룸을 나선 강동원은 다시 클럽하우스로 향했다. 그러다 클럽하우스 입구 쪽에 서 있는 오승완을 발견했다.

"선배님!"

강동원의 얼굴에 대번에 웃음이 번졌다. 오승완도 강동원을 보고는 환하게 웃어 주었다.

"동원아, 승리 축하한다."

"감사합니다, 선배님."

"그런데 너 정말 잘 던지더라. 어디서 그런 배짱이 나오냐."

"에이, 어디 선배님만 하려고요."

"어쨌든 정말 잘 던졌다. 그런 기념으로 오늘 밥은 네가 쏴라!"

"물론 제가…… 네에?"

강동원의 눈이 크게 떠졌다. 그러자 오승완이 크게 웃음을 터뜨렸다.

"하하하핫! 농담이다, 농담! 자식, 놀라기는. 아무튼 가자!"

"네, 선배님."

강동원과 오승완은 구장 근처에 있는 유명한 레스토랑으로 향했다. 그리고 두툼한 육질이 예술인 스테이크를 주문했다.

"메이저리그에서 살아남으려면 무엇보다 강인한 체력이 필요해. 162경기를 소화하려면 말이야. 알겠지?"

식사를 하는 중간중간 오승완은 강동원에게 여러 가지 조언을 건넸다.

"네, 선배님."

"그리고 덩치 큰 녀석들에게 절대 쫄지 말고. 자신 있게 던져!"

"넵!"

"그리고……."

오승완이 냅킨으로 입을 닦더니 조금 낮은 목소리로 말했다.

"절대 도박은 하지 말고!"

"서, 선배님!"

"그냥 웃자고 한 소리야. 그러니까 호들갑 떨 거 없어."

"그래도……."

강동원은 말끝을 흐렸다. 솔직히 친해진 지 얼마 되지 않은 까마득한 후배에게 자신의 치부를 드러내기란 쉬운 일이 아니었다.

한편으로는 그런 말을 서슴없이 꺼내는 오승완이 대단하다는 생각이 들었다.

"참, 그리고……."

스스로도 조금 무안했던지 오승완이 어색한 미소와 함께 곧바로 화제를 돌렸다.

그렇게 두 시간여 가까이 대화를 나누고서야 강동원과 오승완은 식사를 마칠 수 있었다.

"아무튼 자주 보자. 만날 수 있으면 꼭 만나고. 시즌 중이라 술은 못 사주지만, 밥은 맘껏 사줄게."

"다음에는 제가 사드릴게요."

"됐다, 이 녀석아. 너한테 밥을 얻어먹기는 아직 일러."

"하하. 그럼 사양하지 않을게요."

"그래, 어서 들어가라!"

"네, 선배님. 안녕히 들어가세요."

강동원은 허리를 90도까지 꺾으며 인사를 했다. 오승완은 그런 강동원에게 크게 손을 흔든 뒤에 매니저의 차에 올라탔다.

강동원은 멀어지는 차를 바라보며 속으로 생각했다.

'선배님, 저도 선배님과 같은 멋진 투수가 될 것입니다. 꼭!'

강동원이 고개를 들었다. 미국의 밤하늘이라고 해서 별반 다르지는 않았다. 둥근 보름달과 반짝반짝 빛을 내는 별들이 한가득 박혀 있었다.

하지만 첫 승을 거두고 오승완과 함께 식사를 즐겨서일까. 미국의 밤하늘이 더없이 아름답게 느껴졌다.

6이닝 무실점. 탈삼진 9개.

팀을 승리로 이끈 강동원에게 경기 MVP가 돌아갔다.

강동원의 빼어난 투구는 메이저리그 공식 홈페이지의 머리기사를 장식할 정도였다.

[한국에서 온 슈퍼 루키 강동원! 카디널스를 잠재우다!]

언론들은 앞다투어 강동원에게 '슈퍼 루키'라는 별명을 붙여주었다. 그리고 강동원의 호투에 경쟁하듯 극찬을 쏟아냈다.

몇몇 언론은 와일드카드 경쟁 속에서 강동원에게 선발 기회를 준 브루스 보체 감독의 결정에 박수를 보냈다.

어디까지나 결과론적인 이야기겠지만 선발진에 구멍이 난 상황에서 신인인 강동원에게 기회를 주었다는 것 자체가 대단한 결정일 수밖에 없었다.

만에 하나 강동원 카드가 실패로 돌아갔다면? 모든 여론의 몰매는 아마 지금쯤 브루스 보체 감독에게 향했을 게 뻔했다.

하지만 강동원이 무실점 호투로 팀을 구하면서 브루스 보체 감독은 또 한 번 명장으로 거듭나게 됐다.

강동원에 대한 메이저리그 야구팬들의 반응도 뜨거웠다.

ㄴ뭐야, 저 녀석. 자이언츠에 저런 투수도 있었나? 대체 누구야? 어디서 튀어나온 놈이지?

ㄴ자이언츠 멍청이들! 저렇게 잘 던지는 놈을 이제껏 마이너에서 굴렸다는 거야?

ㄴ강! 오늘 정말 대단했어! 난 네가 나와 같은 한국인이라는 게 너무 자랑스러워.

ㄴ강은 오늘 6회까지 97마일의 공을 쉬지 않고 던졌어. 정말 괴물 같은 피지컬이라고.

ㄴ그야말로 환상적인 선발 데뷔전이었어, 강!

ㄴ가자, 강! 가자! 자이언츠! 포스트시즌으로!

자이언츠 팬들은 강동원에 대한 궁금증을 구단에 던지기도 했다. 그러자 자이언츠 구단 관계자는 언론을 통해 강동원에 대해 이렇게 말했다.

강동원은 어린 나이임에도 불구하고 수준 높은 공을 던지는 투수입니다. 또한 상당히 영리합니다. 그의 투구를 보고 있자면 꼭 메이저리그 10년 차 투수의 느낌이 듭니다. 몇몇 팬이 강동원의 콜업이 늦었다는 점을 아쉬워하고 있습니다. 저 역시 강동원의 콜업이 조금 더 빨리 이루어졌어야 한다고 생각합니다. 다만 팀의 사정이 있으니 그 아쉬움은 앞으로 강동원의 활약상을 지켜보는 것으로 달랬으면 좋겠습니다. 아울러 자이언츠 구단은 강동원이 메이저리그에 잘 적응할 수 있도록 물심양면으로 도울 계획입니다.

메이저리그 언론과 팬은 대부분 칭찬 일색이었다. 하지만 국내 야구계의 반응은 다소 편차가 있었다.

메이저리그 첫 승을 거두었다는 점에서 칭찬의 목소리가 많았지만 중간중간 여전히 강동원을 깍아내리는 말들도 있었다.

ㄴ강동원 정말 대단하다. 어린 나이에, 그것도 계약 첫해에 메이저리그 선발승을 거두다니. 진짜 자랑스럽다.

ㄴ세계 청소년 야구 선수권 대회 때부터 알아봤지만 진짜 난놈이 틀림없어.

ㄴTV로 봤는데 정말 잘 던지더라. 위기 때 흔들리지도 않고. 모처럼 자이언츠 야구 편하게 본 듯.

ㄴ사람들이 최동원표 커브라고 해서 뭔 헛소리인가 했는데 확실히 강동원 커브 하나는 예술이더라. 몇 년 갈고닦으면 최동원보다 나을지도 몰라.

ㄴ강동원 사랑해요! 나랑 결혼해 줘요!

ㄴ닥쳐! 동원 오빠는 내 거야!

ㄴ야, 너희들! 이 강동원이 그 강동원 아니거든? 딴 데 가서 놀아줄래?

ㄴ뭐래? 나도 야구 선수 강동원인 거 알거든요?

ㄴ꼴랑 승리 투수 됐다고 호들갑 떨지 마라. 솔직히 여기 댓글 단 놈 중에 강동원에게 관심 있는 사람 누가 있겠냐?

ㄴ내가 냉정하게 얘기할게. 강동원은 이번이 첫 승이자, 마지막 승리가 될 거야. 딱 봐도 모르나? 투구 수가 많지도 않았는데 중간에 내려간 거 보면 딱 거기까지인 거야. 프로 정신이 부족해. 마이너로 다시 내려가서 빡세게 좀 굴러야 할 거야.

ㄴ뭔 헛소리들을 써놨냐? 메이저리그에서 6이닝 던지는

게 말처럼 쉽냐? 그리고 다른 투수들도 보통 6이닝 던지지 누가 매번 완투하고 그러냐?

ㄴ맞아. 그리고 이번이 마지막 승리라고? 헛소리 마라. 내가 볼 땐 딱 내년에 선발 한 자리 꿰찰 테니까.

ㄴ너야말로 헛소리 마라. 강동원 저 새끼는 내년에 아마 얼굴조차 보지 못할 거다

ㄴ미친 뭐라는 거야, 또라이 새끼들아!

ㄴ님들! 좀 모자라는 듯! 그게 뭐가 중허다고, 쯧쯧쯧!

강동원에 대한 반응이 뜨거워지자 국내 기자들은 강동원과 인터뷰를 하기 위해 달려들었다.

하지만 한창 시즌 중인 상황이라 직접적인 인터뷰는 거의 불가능에 가까웠다.

"제게 질문이 포함된 메일을 보내 주시면 강동원 선수의 답변을 대신 전해 드리도록 하겠습니다."

강동원에 대한 인터뷰 요청이 쏟아지자 박동휘가 서면 인터뷰 쪽으로 방향을 틀었다.

"뭐야? 메일로 때우겠다 이거야?"

"강동원 이 자식, 예쁘게 봐주려 했더니 안 되겠는데?"

당연히 강동원이 인터뷰에 응할 줄 알았던 기자들은 하나같이 불쾌함을 드러냈다.

하지만 그 와중에도 독점을 위해 서면 인터뷰를 진행한 몇몇 기자는 남들보다 먼저 강동원의 인터뷰를 기사에 실을 수 있었다.

**Q.** 첫 승을 축하합니다, 강동원 선수. 이 기쁜 소식을 누구에게 제일 먼저 알리고 싶었습니까?

**A.** 당연히 대한민국에 홀로 계신 어머니입니다. 이 모든 영광을 어머니에게 돌리고 싶습니다.

**Q.** 불펜에서 뛰다가 갑자기 선발로 등판하게 됐습니다. 소감은 어떤가요?

**A.** 솔직히 지금도 얼떨떨합니다. 선발로 던졌던 게 꿈 같기도 하고요. 당연히 기분은 최고입니다. 첫 선발 경기에서 승리까지 따내서 더욱 기분 좋고요.

**Q.** 투수로서 당연히 선발로 계속 던지고 싶을 텐데, 어떤가요?

**A.** 물론 선발 욕심이 납니다. 하지만 지금은 팀이 우선입니다. 팀이 필요한 곳에서 최선을 다해 던지고 싶습니다.

**Q.** 지금 상태라면 자이언츠가 와일드카드를 통해 포스트시즌에 진출할 가능성이 높아 보이는데요. 포스트시즌에 진출해도 계속 로스터에 남아 있을 자신이 있나요?

**A.** 어떻게든 살아남고 싶습니다. 하지만 결정은 구단에서 하기 때문에 결과를 기다려야 할 것 같습니다.

인터뷰 말미마다 기자들은 포스트시즌 합류 여부에 관심을 가졌다.

9월 초 확장 로스터에 포함된 것도 대단한 일이지만 포스트시즌 25인 로스터에 다시 합류해야 내년 시즌을 어느 정도 보장받을 수 있기 때문이었다.

그러나 강동원은 그때마다 유보적인 답변을 할 수밖에 없었다. 강동원이 최선을 다하더라도 구단에서 강동원을 예비 전력으로 판단한다면 포스트시즌 합류는 불가능할 수밖에 없었다.

그런데 미국 현지에서 희망적인 전망이 흘러나왔다. 한 지역 신문이 브루스 보체 감독과의 인터뷰 기사를 다뤘는데 흥미로운 발언이 올라온 것이다.

**Q.** 강동원을 불펜이 아닌 선발 자원으로 본다는 건 강동원에게 계속 선발 기회를 주겠다는 이야기입니까?

**A.** 강이 던지는 거 보지 않았나요? 강은 누가 뭐래도 확실한 선발 체질입니다. 따라서 선발 로테이션에 여유가 생긴다면 반드시 강동원에게 그 기회를 줄 생각입니다.

**Q.** 이제 곧 포스트시즌인데요. 강동원은 포스트시즌에 합류하는 건가요?

**A.** 많은 생각을 하고 있습니다. 하지만 강은 불펜과 선발, 어느 쪽에서든 활약할 수 있는 좋은 투수입니다. 일단 제 대답은 여기까

지 하죠.

9월 24일.

브루스 보체 감독이 예견했던 대로 강동원에게 또다시 선발 기회가 찾아왔다.

공교롭게도 상대팀은 첫 승의 제물이 되었던 카디널스였다.

강동원은 첫 등판 때만큼 긴장하지 않았다. 다만 이번에도 잘 던져야겠다는 부담감이 컸다.

그나마 다행인 것은 이번 시리즈는 자이언츠의 홈에서 치러졌다.

“강! 힘내!”

“좋았어! 바로 그거야! 강!”

경기를 관전하는 관중들은 한마음이 되어 강동원을 응원했다. 덕분에 강동원도 큰 위기 없이 두 번째 선발 경기를 치를 수 있었다.

6이닝 5피안타 1실점 탈삼진 9개.

2회에 카디널스의 4번 타자 스티브 피스코티에게 홈런을 내준 걸 제외하고는 깔끔한 피칭이었다.

경기 직후 메이저리그 첫 피홈런에 대한 기자들의 질문이 쏟아졌지만 강동원은 대수롭지 않게 넘겼다. 포심 패스트볼이나 커브를 던져 홈런을 맞았다면 후유증이 오래 갔겠지만 얻어맞은 공은 가장 자신 없는 슬라이더였다.

2회에 홈런을 얻어맞은 이후 강동원은 이렇다 할 위기조차 맞지 않고 카디널스 타자들을 상대했다. 그러면서 무려 9개의 탈삼진을 뽑아냈다.

첫 선발 데뷔전에 이어 두 번째 경기에서도 6이닝 동안 9개의 삼진을 챙기자 언론은 강동원에게 자이언츠의 어린 닥터 K라는 별명을 붙여주었다.

팬들은 한술 더 떠 강동원을 닥터 강이라고 불렀다.

닥터 K와 강동원의 성을 결합시킨 것이다.

강동원이 시즌 2승째를 거두자 이번에는 국내 언론사들도 앞다투어 강동원에 대한 기사를 다뤘다.

ㄴ강동원. 장난 아닌데?

ㄴ이 정도면 내년 시즌에 진짜 선발 자리 꿰차겠는걸?

ㄴ내가 뭐랬냐. 강동원 이 녀석 물건이라고 했지?

야구팬들의 반응은 첫 승 때보다 더욱 호의적이었다. 메이저리그에서 승승장구하는 강동원을 보면서 자신도 모르게 마음 한구석이 뿌듯해진 것이다.

그로부터 다시 5일이 지난 9월 30일.

강동원의 세 번째 등판 일정이 잡혔다.

강동원의 시즌 마지막 경기이자 자이언츠의 시즌 마지막 시리즈의 상대 팀은 로키스였다.

자이언츠 홈에서 치러지는 경기이긴 했지만 선수들의 얼굴에는 긴장감이 감돌았다. 리그 최강의 타선을 보유한 로키스를 상대로 조금만 방심했다간 홈팬들 앞에서 망신을 당할 가능성이 높았다.

"강, 긴장하지 말고 침착하게 하나씩. 알지?"

"걱정 마요, 포지."

"제구에 정말 신경 써야 해."

"알았다니까요."

비스트 포지의 걱정 속에 강동원은 느긋하게 마운드에 올랐다.

이번에도 강동원은 6이닝을 책임졌다.

하지만 경기 결과는 앞선 두 경기 때보다 조금 나빴다.

6이닝 2피안타 1사사구 2실점 8탈삼진.

피안타는 적었지만 2실점을 했다. 로키스의 프랜차이즈 스타이자 4번 타자인 놀란 아레나스에게 투런 홈런 맞은 게

빼아팠다.

하지만 강동원은 놀란 아레나스 이외의 타자들을 철저하게 틀어막으며 시즌 3승째를 챙겼다.

선발 3경기 18이닝 3실점 26탈삼진.

평균 자책점 1.50.

선발로 거둔 강동원의 호성적은 매우 만족스럽다는 브루스 보체 감독의 평가가 덧붙여져 구단 상부로 올라갔다.

마지막 선발 등판을 마친 후 강동원은 홀가분한 얼굴로 클럽하우스로 향했다. 그 길 중간에 에이전트 박동휘가 서 있었다.

"동원아!"

박동휘가 희미한 미소를 지으며 강동원을 반겼다. 강동원은 박동휘를 발견하고 저도 모르게 눈시울을 붉혔다.

"형!"

"동원아! 짜식! 잘했다."

강동원은 한달음에 달려가 박동휘를 끌어안았다. 두 사람은 잠시 동안 서로를 부르며 부둥켜안았다.

기어코 흘러나온 강동원의 뜨거운 눈물이 박동휘의 어깨를 적셨다. 박동휘는 그런 강동원의 등을 토닥여 주었다.

그렇게 오 분여 정도 끌어안았을까. 강동원은 그제야 남들이 보면 오해할 만한 그림을 연출했다는 사실을 깨달았다.

"크흠, 이거 누가 보면 이상하게 보겠어요."

"괜찮아. 뭐 어떠냐. 선수하고 에이전트 관계인데. 남들도 다 이렇게 해."

"그래요?"

"어쨌든 정말 고생 많았다, 동원아."

박동휘의 눈시울도 벌겋게 달아올랐다. 그 모습을 보며 강동원은 피식 웃음을 흘렸다.

그때 클럽하우스가 소란스러워지더니 몇몇 동료가 나타났다. 그들은 강동원을 발견하자 활짝 웃으며 손바닥을 내밀었다.

"강! 정말 멋진 투구였어!"

"고마워."

"앞으로 이렇게만 던지라고. 슈퍼 루키!"

동료들에게 칭찬을 받는 강동원의 모습을 보고 있자니 박동휘는 자신도 모르게 뿌듯함이 밀려왔다.

'역시. 내 선택이 맞았어.'

박동휘는 다른 선수들을 제치고 강동원과 계약했던 그때

자신의 선택이 너무나도 고마웠다. 만약 그때 다른 조건에 흔들렸다면 지금 이렇게 환하게 웃고 있지는 못 했을 것 같았다.

그래서일까. 강동원이 더 높이 날아 올랐으면 하는 욕심이 자꾸 생겼다.

"참, 동원아."

"네?"

"시즌이 끝이 났잖아. 10월부터는 포스트시즌이고 말이야. 혹시 따로 들은 이야기 없니?"

박동휘의 질문에 강동원이 쓴웃음을 지었다. 박동휘가 무슨 말을 하려는지 어렴풋이 짐작이 되었다.

포스트시즌은 25인 로스터로 진행된다. 40인 로스터에 합류했던 선수들 중 15명은 포스트시즌 명단에서 빠질 수밖에 없었다.

"형! 전 최선을 다했어요. 그러니까 후회 없어요."

"그래, 알았다. 욕심 부리지 말고 편안하게 생각해."

"네, 형."

"어서 샤워하고 나와. 오늘 저녁은 이 형이 쏜다! 너 지난번에 삼겹살 먹고 싶다고 했었지? 한식당 알아놨으니까 그리로 가자."

"오~ 삼겹살! 내가 삼겹살 땡기는 거 어떻게 알았어요?"

"척 하면 척이지."

"하하. 여기서 조금만 기다려요, 형. 금방 씻고 나올게요."

"천천히 씻어도 되니까 신경 쓰지 마."

강동원은 삼겹살 노래를 부르며 클럽하우스로 들어갔다. 하지만 그 감정도 오래 가지 않았다. 포스트시즌을 생각하니 마냥 웃을 수가 없었다.

'벌써 9월이 다 지났네. 지난 한 달 메이저리그로 올라와 보냈던 시간이 마치 꿈만 같아.'

강동원은 마음 한편이 쓸쓸해졌다. 포스트시즌 로스터에 포함되면 더없이 좋겠지만 현실적으로 그럴 가능성은 낮았다.

자이언츠의 선발진은 탄탄한 편이었다. 게다가 불펜도 빈자리를 찾기 어려웠다. 강동원이 선발과 불펜 어느 쪽이든 소화해 낼 수 있다고 하지만 이제 막 메이저리그에 올라온 루키에게 그런 기회가 갈 가능성은 그리 높아 보이지 않았다.

"후우……!"

강동원은 저도 모르게 긴 한숨이 나왔다. 이제 다시 마이너리그로 내려갈지 모른다고 생각하니 절로 마음이 무거워졌다.

물론 이번에 내려가더라도 어떻게든 다시 올라올 생각이었다. 그렇지만 메이저리그 생활에 자꾸만 미련이 남는 것은 어쩔 수 없는 노릇이었다.

간단하게 샤워를 마친 뒤 강동원은 자신의 로커 앞에 섰다. 잠깐 동안 틈틈이 가져다 놓은 짐이 제법 많았다.

9월이 이렇게 짧은 줄 알았다면 이렇게까지 짐을 늘려 놓지 않았을 텐데.

때늦은 아쉬움이 다시 한번 강동원의 가슴을 때렸다.

"후우……. 욕심이야. 강동원. 마음을 비워."

강동원은 불필요한 짐들을 가방에 집어넣었다. 당장 로커를 정리해야 하는 건 아니지만 나중을 위해서라도 미리미리 짐들을 방에 가져다 놓아야 할 것 같았다.

마음 한편으로는 불만도 생겼다. 오늘까지 세 경기에 선발 등판해 3승을 거뒀다.

9월 한 달간 자신보다 뛰어난 활약을 펼친 투수는 에이스인 메디슨 범가드너밖에 없었다.

"후우……. 정말 방법이 없나."

강동원은 벤치에 앉아 냉정하게 따져 보았다.

1선발 메디슨 범가드너.

2선발 제니 쿠에토.

3선발 제이크 사마자.

이 세 명은 포스트시즌 선발로 거의 확정적이었다. 실력은 물론이고 경험까지 입증된 이들을 뺀다는 건 있을 수 없는 일이었다.

그렇다면 남은 건 4선발을 겸할 스윙맨뿐이었다. 순수 불펜 자원들과의 경쟁은 경험이 부족한 강동원에게 유리할 게 하나도 없었다.

현재 자이언츠는 그 스윙맨 자리를 두고 부상에서 회복한 제이스 피비와 마크 케인이 경쟁 중이었다.

언론에서는 강동원을 그 경쟁 속에 끼워 넣지 않았다. 아직 경험이 부족하다 보니 제이스 피비나 마크 케인, 둘 중에 한 명이 3선발의 뒤를 받쳐야 한다는 의견이 주를 이루고 있었다.

"역시 안 되는 걸까……."

강동원이 무겁게 한숨을 내쉬었다. 선발로 나서서 내리 3경기에서 승리를 챙겼다 해도 이제 막 메이저리그에 올라온 루키에게 스윙맨 같은 중요한 임무를 맡길 리 없을 것 같았다.

물론 불펜으로 합류할 가능성은 아직 남아 있었다. 하지만 애써 선발로 입지를 다졌는데 불펜 자원으로 포스트시즌에 합류한다면 그리 기분이 좋을 것 같지 않았다.

"그래! 포기할 건 포기하자. 내년에 더 잘하면 또 기회가 오겠지."

강동원은 속으로 다짐을 하고 가방을 챙겨 들었다. 그리고 마지막으로 라커 위쪽에 붙어 있던 자신의 이름표를 바라보았다.

Kang D. W.

비록 한 달이지만 이곳에서 많은 일이 있었다. 그 추억들이 마이너리그 생활을 이겨내는 데 큰 도움이 될 것 같았다.

“기다려. 반드시 다시 돌아올 테니!”

손바닥으로 로커를 툭툭 두드린 뒤 강동원은 가방을 들고 그대로 몸을 돌렸다.

그런데 저만치 익숙한 구두가 눈에 들어왔다.

“강! 여기 있었군그래.”

수석 코치 론 워스트였다.

“뭘 하고 있었어?”

“그냥. 내 짐을 챙겼습니다.”

“하하. 그럴 필요 없는데 너무 앞서갔군.”

“……?”

“아 참, 강. 아직 영어가 서툴지?”

“아, 네. 영어는 어려워요.”

“됐네. 날 따라오게.”

“아, 네.”

"가방은 놔두고."

"……?"

"가방! 저기에 두고 오라고."

"아, 넵."

"하하. 그럼 이제 가자고."

론 워스트 코치가 빙긋 웃으며 앞서 걸었다. 강동원은 어리둥절한 표정으로 조심스럽게 론 워스트 코치를 따라나섰다.

'그런데 어디로 가는 거지? 설마…… 곧바로 마이너리그로 내려가는 건가?'

강동원의 표정이 점점 굳어졌다. 게다가 론 워스트 코치의 발걸음이 멈춘 곳도 하필 감독실이었다.

"자, 들어가게."

"여기…… 로요?"

"그래, 감독님께서 자네한테 하실 말씀이 있으신 모양이네."

강동원은 고개를 끄덕인 후 감독실 문을 두드렸다. 안에서 브루스 보체 감독의 목소리가 들려왔다.

"후우……."

길게 숨을 고른 뒤 강동원이 천천히 문손잡이를 잡아 돌렸다. 그때 론 워스트 코치의 입에서 무슨 말이 들려왔다. 뭔가 축하한다는 그런 말 같았다.

"방금 뭐라고 하셨습니까?"

강동원이 고개를 돌려 론 워스트 코치를 바라봤다. 그러자 론 워스트 코치가 못 들었냐며 짓궂게 웃어댔다.

때마침 안쪽에서 브루스 보체 감독의 재촉하는 목소리가 들려왔다.

"강! 어서 와. 자, 이쪽에 앉으라고."

"아, 네에."

강동원은 브루스 보체 감독의 맞은편 소파에 앉았다. 잠시 얼굴이 보이지 않았던 통역사는 한발 먼저 브루스 보체 감독의 사무실에 와 있었다.

브루스 보체 감독은 잠시 바쁘게 뭔가를 확인했다. 그러고는 이내 강동원에게 고개를 돌렸다.

"일단 승리 축하해."

"아, 네. 감사합니다."

"잘 던지던걸? 마치 몇 년 프로 생활을 한 느낌이야."

"열심히 던지다 보니 좋은 결과로 이어진 것 같습니다."

"하하. 역시 강은 겸손하다니까. 그나저나 어땠어? 지난 한 달 간 메이저리그에서의 생활은?"

브루스 보체 감독이 슬그머니 미소를 띠었다. 강동원이 그럴듯한 대답을 전해 주길 바라는 눈치였다.

솔직히 강동원은 질문을 듣는 순간 올 것이 왔다는 생각이 들었다.

그렇다고 마이너리그에 내려가야 한다는 현실을 극구 부정하고 싶진 않았다.

"괜찮았습니다. 그저 모든 것이 꿈만 같았습니다."

강동원이 솔직한 심정을 밝혔다. 통역도 강동원이 말하고자 하는 바를 최대한 살려 전했다.

"꿈만 같았다라……."

브루스 보체 감독이 고개를 끄덕였다. 조금 유치하긴 했지만 짧게나마 메이저리그를 경험한 마이너리그에게 이보다 더 진심 어린 감상도 없을 것 같았다.

"참, 이렇게 부른 건 자네에게 할 말이 있어서야."

브루스 보체 감독이 자세를 고쳐 앉았다. 이미 어느 정도 마음을 내려놓았던 강동원은 담담한 얼굴로 브루스 보체 감독을 바라봤다.

"강, 먼저 한 가지 물어보고 싶은 게 있어. 포스트시즌의 선발은 한정적이야. 강이 시즌 막판에 선발로 좋은 모습을 보여주긴 했지만 솔직히 자네에게 포스트시즌의 선발을 맡기는 건 어려운 일이지. 그 점에 대해 이해해 줄 수 있나?"

브루스 보체 감독이 제법 장황하게 강동원의 포스트시즌 선발 탈락 사실을 전했다.

"물론입니다."

강동원도 그 점에 대해서는 딱히 반박할 생각이 없었다. 확실한 세 명의 선발이 있는데 그들 사이에 강동원을 끼워 넣는 것 자체가 억지스러운 일이었다.

그러나 브루스 보체 감독은 고작 그 말을 하려고 강동원을 부른 게 아니었다.

"그래서 말인데 포스트시즌의 경험을 쌓을 겸 올해는 불펜으로 합류하는 게 어떤가?"

"……?"

순간 강동원의 눈이 커졌다. 그러자 브루스 보체 감독이 다시 장난기 어린 얼굴로 말을 이었다.

"선발에 대한 의지는 내년 시즌으로 미뤄두고 포스트시즌에서만큼은 팀을 위해 불펜에서 뛰어줄 수 있는지를 물어보는 것이네."

브루스 보체 감독의 말이 통역을 통해 강동원에게 전해졌다. 그러자 강동원이 당연하다며 고개를 끄덕였다.

"무, 물론입니다. 하겠습니다. 던지겠습니다. 그러니 꼭 기회를 주십시오."

"하아. 좋아, 강."

브루스 보체 감독도 강동원의 간절함을 느끼고는 크게 웃음을 터뜨렸다.

인터뷰 때마다 팀을 위해 보탬이 되고 싶다는 말을 하는 강동원의 모습을 기억하고 있었는데 그 말이 빈말이 아니라는 사실이 더욱 기분 좋았다.

"강, 나는 자네가 불펜에서 좋은 활약을 해주길 기대하고 있네. 경우에 따라서는 긴 이닝을 던지게 될 수도 있겠지만 자네라면 분명 잘해내 줄 거라 믿고 있어. 그러니 며칠간 잘 준비해 주게. 할 수 있겠지?"

"물론입니다, 감독님. 그리고 정말 감사합니다. 열심히 하겠습니다."

"그래, 강. 포스트시즌 때도 잘 해보자고."

브루스 보체 감독이 강동원에게 손을 내밀었다. 강동원은 브루스 보체 감독의 손을 덥석 잡았다.

"축하해, 강."

옆에 있던 통역도 기쁜 얼굴로 강동원에게 축하를 건넸다. 시즌이 끝날 때까지만 계약을 한 처지에 강동원이 포스트시즌까지 남게 됐으니 그로서도 나쁠 게 전혀 없었다.

'살아남았어, 내가. 살아남았다고.'

감독실을 나선 강동원의 심장은 쿵쾅쿵쾅 뛰었다. 거의 포기하다시피 했다.

그런데 시즌도 아니고 포스트시즌 25인 로스터에 극적으로 합류를 하게 되었다.

"이러고 있을 게 아니야."

강동원은 왔던 길을 되돌아가 박동휘에게 달려갔다. 제법 시간이 지났는데도 박동휘는 헤어졌던 그곳에서 조용히 강동원을 기다리고 있었다.

"혀엉! 동휘 형!"

"왜 그래? 무슨 일 있었어?"

"놀라지 마요. 저 있잖아요!"

"……?"

"저 포스트시즌에 나가게 되었어요! 방금 감독님과 면담도 하고 왔어요!"

"진짜야? 그거 정말이야?"

"정말이에요! 비록 불펜이지만 감독님이 끝까지 함께하자고 하셨어요!"

"그래, 잘했다. 정말 잘했어."

박동휘가 기쁨을 주체하지 못하고 강동원을 끌어안았다. 누가 잘못보기라도 한다면 오해하기 딱 좋은 광경이었다.

하지만 이번에는 강동원도 군말 없이 박동휘를 얼싸안았다.

"오늘 같은 날 불고기로 되겠어? 소고기 먹으러 가자! 스테이크 썰러 가야지."

"아니에요, 형. 전 오늘 불고기 먹고 싶어요! 그거 먹으러 가요."

"자식, 형 돈 없을까 봐? 걱정 마. 그 정도 사줄 돈 있어."

"에이, 누가 형 돈 걱정한데요? 그냥 오늘은 불고기 먹고 싶어서 그래요."

"그래? 그럼 불고기 먹으러 가자! 너 먹고 싶은 대로 양껏 사 줄게!"

"하하하! 각오해요! 가게에 있는 불고기 다 먹어 치울 거예요!"

"걱정 마, 짜샤! 다 먹어도 돼!"

"그러다 형 설거지하는 거 아니에요?"

"까짓 거 하면 되지. 이래 봬도 형이 설거지 하나는 기가 막히게 한다고."

"뭐예요, 그게."

강동원과 박동휘는 서로를 마주 보며 크게 웃음을 터뜨렸다. 그리고 달리듯 주차장으로 향했다.

4

10월 3일.

2016년 메이저리그 정규 시즌 일정이 종료가 되었다.

최종 순위표는 다음과 같다.

내셔널리그 서부 지구 순위

1위 다저스 91승 71패 0.562.

2위 자이언츠 87승 75패 0.537 4.0.

3위 로키스 75승 87패 0.463 16.0.

4위 다이아몬드백스 69승 93패 0.426 22.0.

5위 파드리스 68승 94패 0.420 23.0.

마지막까지 최선을 다했지만 자이언츠는 다저스를 따라잡지 못했다. 고작 4경기 차이로 다저스가 지구 우승을 거두는 걸 지켜볼 수밖에 없었다.

그나마 다행인 건 와일드카드를 통해 포스트시즌 막차를 타게 됐다는 점이다.

내셔널리그 와일드카드 순위

1위 메츠(동부) 87승 75패 0.537.

1위 자이언츠(서부) 87승 75패 0.537.

3위 카디널스 86승 76패 0.531 1.0.

사이언츠는 메츠와 함께 와일드카드 공동 1위로 시즌을 마무리했다. 카디널스의 추격이 매서웠지만 마지막까지 최선을 다한 끝에 와일드카드를 손에 넣을 수 있었다.

포스트시즌 규정상 디비전 시리즈에 진출할 수 있는 구단은 넷. 지구 1위를 차지한 다저스와 컵스, 내셔널스는 한발 앞서 디비전 시리즈에 올라갔다.

그리고 마지막 남은 디비전 시리즈 진출권을 놓고 와일드카드를 확보한 두 팀, 자이언츠와 메츠가 와일드카드 결정전을 치르게 됐다.

와일드카드 결정전은 단판제로 치러졌다. 승률이 앞서는 팀의 홈구장에서 싸우도록 되어 있었다.

그래서 어느 팀이 와일드카드 1위가 되느냐가 무척이나 중요했다. 그런데 공교롭게도 자이언츠와 메츠가 똑같은 승률을 기록하고 말았다.

와일드카드 1, 2위 팀 승률이 같을 경우 다음과 같은 원칙으로 1위를 확정지었다.

1. 정규 시즌 맞대결 승률 높은 팀
2. 지구 내 승률 높은 팀
3. 리그 내 승률 높은 팀
4. 리그 내 후반기 승률 높은 팀

여기서 가장 중요한 것은 바로 정규 시즌 맞대결 성적이었다. 자이언츠와 메츠, 두 팀의 올 시즌 7차례 맞붙었다.

5월 30일부터 6월 2일까지 열린 뉴욕 원정 3연전에서 자이언츠는 메츠에 1승 2패로 밀렸다.

그리고 8월 19일부터 22일까지 치러진 홈 4연전에서는 메츠와 2승 2패로 균형을 맞췄다.

총 7경기 상대 전적은 3승 4패로 자이언츠가 열세였다. 그 결과 와일드카드 결정전은 메츠의 홈인 뉴욕에서 열리게 되었다.

10월 6일.

자이언츠와 메츠는 디비전 시리즈 진출을 놓고 전쟁을 시작했다.

단판 승부인 만큼 두 팀은 모두 에이스를 출격시켰다.

메츠의 에이스는 노아 선더가드.

100mile/h(≒160.9km/h)의 패스트볼과, 99mile/h(≒159.3km/h)의 싱커, 95mile/h(≒152.9km/h)의 슬라이더를 구사하는 우완 파이어볼러였다.

미국의 스포츠 전문 방송인 ESPN에서는 노아 선더가드를 향해 '마치 비디오 게임의 괴물 투수가 현실에 등장한 것 같다'라고 말했다.

그만큼 노아 선더가드의 투구는 압도적이었다. 포심 패스트볼도 포심 패스트볼이지만 장기인 고속 슬라이더는 마구처럼 느껴졌다.

이에 맞서 자이언츠도 포스트시즌의 사나이, 에이스 메디슨 범가드너를 내세웠다.

메디슨 범가드너는 메이저리그 최고의 좌완 투수 중 한 명이었다.

지구 라이벌 다저스의 클레이튼 커쇼우에게 가려지긴 했지만 포스트시즌에서의 존재감만큼은 타의 추종을 불가했다.

노아 선더가드와 메디슨 범가드너, 메디슨 범가드너와 노아 선더거드의 매치 업이 전해지자 메츠의 홈구장은 만원 관중이 들어찼다.

역시나 경기장의 분위기는 메츠를 향해 있었다. 자이언츠의 응원단도 눈에 띄긴 했지만 메츠 팬들에게 저항할 수 있는 수준은 결코 아니었다.

원정 경기의 불리함 속에서 자이언츠의 선공으로 경기가 시작됐다.

경기 초반은 팽팽한 투수전 양상이었다. 1회부터 3회까지 메디슨 범가드너와 노아 선더가드는 단 한 명의 주자도 출루시키지 않고 퍼펙트 피칭을 이어갔다.

4회 자이언츠는 1번 타자 다나드 스팬이 사사구를 얻어내며 분위기를 바꿨다.

그러나 무리하게 2루 도루를 시도했다가 아웃이 되면서 득점에는 실패하고 말았다. 메츠도 4회 말 안타를 때려내며 메디슨 범가드너의 퍼펙트를 깨뜨렸다.

하지만 거기까지.

추가 안타는 나오지 않았다.

0 대 0의 팽팽한 분위기는 7회까지 이어졌다. 메츠의 선발 노아 선더가드는 7이닝 동안 2피안타 3사사구, 탈삼진 10개로 압도적인 구위를 뽐냈다.

이에 맞서 메디슨 범가드너도 7회까지 안타 3개, 사사구 2개 삼진 5개로 메츠 타선을 잠재웠다. 메이저리그를 대표하는 두 투수의 맞대결에 중계진은 일찌감치 연장전을 입에 올릴 정도였다.

하지만 팽팽했던 승부는 노아 선더가드가 마운드를 내려가면서 깨지고 말았다.

8회 초 자이언츠는 바뀐 투수 에디스 라드를 상대로 안타 1개와 볼넷 2개로 2사 만루의 기회를 만들었다.

하지만 득점에 실패하면서 경기를 메츠 쪽으로 넘길 위기에 처했다.

그러나 메디슨 범가드너가 8회를 무실점으로 틀어막으면서 9회 초 기회가 찾아왔다.

선두 타자로 나선 5번 타자 브래드 벨트가 메츠의 마무리 투수 쥬라스 파말라에게 2루타를 때려내며 포문을 열었다.

6번 타자 브래드 크로포트가 삼진으로 아웃되며 위기가

무산되는 듯싶었지만, 7번 타자 에두아르 누네스가 풀카운트 접전 끝에 사사구를 얻어낸 뒤 8번 타자 조 패인이 쥬라스 파말라의 3구째 싱커를 걷어 올려, 우중간 담장을 넘겨버렸다.

단숨에 3점 차로 앞서 나가기 시작한 자이언츠는 경기를 메디슨 범가드너에게 맡겼다.

9회 말에도 마운드에 올라온 메디슨 범가드너는 세 타자를 전부 범타로 돌려세우며 자이언츠를 디비전 시리즈로 이끌었다.

9이닝 4피안타 2사사구 6탈삼진. 무실점.

메디슨 범가드너는 그렇게 포스트시즌 8번째 승리를 챙겼다.

5

강동원은 메디슨 범가드너가 던지는 모든 것을 불펜에서 지켜보았다. 그리고 속으로 감탄을 금치 못했다.

메디슨 범가드너. 그가 왜 자이언츠의 에이스라 불리는지, 왜 그가 자이언츠에 없어선 안 될 존재인지 오늘 이 한 경기로 모든 것이 증명되었다.

자이언츠가 디비전 시리즈에 올라가면서 강동원도 포스트시즌 출전에 대한 기대감을 높였다. 메이저리그 포스트시즌 일정은 리그 와일드카드 결정전-리그 디비전 시리즈-리그 챔피언십 시리즈-월드시리즈 순서로 진행이 되었다.

비록 메디슨 범가드너가 완투를 하면서 와일드카드 결정전은 불펜에서 지켜봐야 했지만 5전 3선승제로 치러지는 디비전 시리즈에서는 마운드에 오를 기회가 생길 것 같았다.

자이언츠의 디비전 시리즈 첫 상대는 내셔널리그 승률 1위 팀인 컵스였다.

컵스의 올 시즌 성적은 103승 58패.

승률이 무려 0.640에 달했다.

자이언츠와 비교했을 때 컵스는 무려 16승이나 많은 승리를 챙겼다.

게다가 두 팀의 시즌 맞대결 결과도 컵스가 우세했다.

5월 21일에서 23일까지 치러진 홈 3연전에서 자이언츠는 2승 1패, 위닝 시리즈를 챙겼다.

하지만 9월 2일부터 5일까지 진행된 시카고 원정 4연전은 컵스에게 1승 3패로 무릎을 꿇고 말았다.

상대 전적 3승 4패.

근소한 차이였지만 언론은 자이언츠보다 컵스가 챔피언십 시리즈에 올라갈 가능성이 높다는 기사들을 쏟아냈다.

짝수 해의 제왕이라 불리는 자이언츠였지만 내셔널리그 최강 팀인 컵스를 넘어서지는 못할 것이라며 자이언츠 팬들을 울컥하게 만들기도 했었다.

디비전 시리즈 1차전.

자이언츠는 에이스 메디슨 범가드너를 대신해 2선발 제니 쿠에토가 나섰다. 이에 맞선 컵스에서도 2선발인 존 레스트를 내보냈다.

시작은 자이언츠의 제니 쿠에토가 좋았다. 10타자를 연속 범타로 돌려세우며 기세를 올렸다.

하지만 잘 던지던 제니 쿠에토가 8회 하비에르 비에즈에게 솔로 홈런을 내주며 0의 균형이 깨졌다.

제니 쿠에토, 8이닝 10삼진 1실점.

존 레스트, 8이닝 5삼진 무실점.

양 팀 선발 투수들이 물러나고 컵스는 9회 초 마무리 투수 아롤디르 채프먼을 올렸다.

메이저리그 최고의 마무리 투수 중 한 명이자 최고 구속 106mile/h(≒170.6km/h)의 포심 패스트볼을 던지는 아롤디르 채프먼으로 자이언츠 타자들을 힘으로 찍어 누를 생각이었다.

자이언츠는 2사 후 비스트 포지가 큼지막한 2루타를 때려내며 동점 기회를 잡았다.

그러나 4번 타자 헌터 페이스가 삼진으로 물러나며 1 대 0. 한 점 차 패배를 지켜봐야 했다.

제니 쿠에토가 8이닝을 소화하면서 강동원은 계속해서 불펜만 달궈야 했다.

마음 같아서는 마운드 위에서 힘차게 공을 던지고 싶었지만 포스트시즌 투수 운용은 시즌과 다를 수밖에 없었다.

다음 날, 같은 장소에서 디비전 시리즈 2차전이 벌어졌다.

자이언츠에서 2차전 선발은 제이크 사마자가 나섰다. 컵스에서는 카일 한드락스가 나섰다.

자이언츠는 베테랑 제이크 사마자를 통해 반등을 노렸다. 그러나 믿었던 제이크 사마자가 2이닝 만에 강판을 당하며 경기를 컵스 쪽에 넘겨주고 말았다.

자이언츠는 경기의 흐름을 끊는 아쉬운 장면을 자주 연출했다. 특히나 2회 초 1사 1, 2루 찬스에서 메츠전의 영웅인 조 패인이 나섰지만 4구 만에 땅볼을 쳐 득점 기회를 날리고 말았다.

5 대 2로 뒤진 5회 말.

드디어 강동원이 자리에서 일어났다.

지고 있는 상황이었지만 첫 디비전 시리즈의 출전이었기

에 강동원은 기꺼운 마음으로 마운드에 올라갔다. 자신이 가지고 있는 모든 걸 쏟아내 컵스의 추가 득점을 막을 생각이었다.

수많은 관중.

딱딱하고, 낯선 마운드.

리드당하는 상황.

강동원에게 있어 이 모든 것이 불편할 수밖에 없었다.

하지만 마운드를 밟자 마치 집에 온 것처럼 모든 게 편안해졌다.

"일단 이번 이닝을 무조건 막는다! 문제는 그다음에 생각하자."

강동원은 복잡한 머릿속을 간단하게 정리했다. 그리고 컵스의 중심 타선인 3, 4, 5번을 상대했다.

"스트라이크 아웃!"

"스트라이크 아웃!"

강동원은 3번 타자와 4번 타자를 연속 삼진으로 돌려세웠다. 그리고 5번 타자를 유격수 땅볼로 잡으며 이닝을 마쳤다.

5회 말에 있었던 호투의 기억이 사라지기도 전에 강동원은 6회에도 마운드에 올라왔다. 강동원은 선두 타자로 등장한 6번 타자를 유격수 땅볼로 돌려세웠다.

그리고 7번 타자를 삼진으로 잡아낸 뒤 8번 타자를 2루수 플라이로 아웃시키며 이닝을 끝마쳤다.

2이닝 동안 강동원의 총 투구 수는 28구. 안타와 사사구는 단 하나도 내주지 않고 3개의 탈삼진을 챙겼다.

불펜 싸움이 시작되면서 컵스와 자이언츠는 추가 득점 없이 이닝을 소비했다. 그 결과 5 대 2. 컵스의 승리로 경기가 끝이 났다.

시카고 원정에서 2연패를 당하면서 자이언츠의 클럽하우스 분위기는 그야말로 침통했다. 누구 하나 큰 목소리로 떠들지 않았다. 강동원도 그 분위기에 맞춰 아쉬움을 달랬다.

전반적으로 경기 분위기는 나쁘지 않았다. 하지만 이렇다 할 결과를 내지 못했다. 마치 뭔가에 홀린 기분이었다.

잘 맞은 안타는 모두 야수 정면으로 갔고, 기회다 싶으면 병살이나 삼진으로 흐름이 끊어졌다.

1승 1패를 노렸던 컵스 원정을 전패하면서 자이언츠는 디비전 시리즈 탈락 위기에 몰렸다. 이제 한 경기만 패배하면 자이언츠의 올 시즌도 끝날 수밖에 없었다.

그나마 희망적인 것은 홈에서 치러지는 3차전에서 에이스 메디슨 범가드너가 돌아온다는 것이었다.

디비전 시리즈 3차전.

와일드카드 결정전에 이어 또다시 에이스 간의 맞대결이

성사됐다.

컵스의 선발은 작년 내셔널리그 사이영 상 수상자 제이크 아리에티. 이에 맞서는 자이언츠의 선발은 포스트시즌의 사나이 메디슨 범가드너였다.

전문가 모두 팽팽한 투수전을 예고하였다.

그런데 막상 경기가 시작되자 전문가들의 예상이 빗나가 버렸다. 메디슨 범가드너의 컨디션이 별로 좋지 않았던지 초반부터 얻어맞기 시작한 것이다.

메디슨 범가드너는 1회부터 2루타를 맞으며 좋지 않은 출발을 보였다. 그리고 2회 초 사구와 내야 안타로 이어진 2사 1, 2루 위기에서 투수 제이크 아리에티에게 통한의 3점 홈런을 얻어맞고 말았다.

하지만 자이언츠도 패배를 가만히 보고만 있지 않았다. 3회 초 2루타와 안타를 묶어 한 점을 따라간 뒤 4회 희생플라이로 다시 한 점을 따라붙었다.

3 대 2. 한 점 차 아슬아슬한 리드 속에 8회 말이 왔다.

자이언츠는 연속 사사구를 얻어내며 무사 주자 1, 2루 기회를 만들었다. 그러자 컵스가 곧바로 마무리 투수 아롤디르 채프먼을 올리는 강수를 두었다.

하지만 자이언츠는 여기서 멈추지 않고 더욱 분발했다.

8회 말 브래드 벨트의 안타와 비스트 포지의 볼넷으로 만

들어진 무사 1, 2루. 컵스는 위기상황에서도 과감하게 아롤디르 채프먼을 올리는 초강수를 두었다.

아롤디르 채프먼은 2이닝쯤은 끄떡없다는 표정으로 마운드에 섰다.

그러나 후속 타자에게 2타점 역전 3루타를 허용하고 3루 주자까지 홈으로 불러들이며 승기를 자이언츠 쪽으로 넘기고 말았다.

5 대 3. 승리가 코앞까지 다가오자 자이언츠도 조바심이 났다. 그 과정에서 9회 말 동점 투런 홈런을 얻어맞으며 승부가 다시 원점으로 돌아왔다.

11회 말이 되자 강동원에게 몸을 풀라는 지시가 떨어졌다. 강동원은 재빨리 불펜 마운드에 올라 어깨를 달궜다. 몇 이닝이 될지는 몰라도 자신이 마운드에 서 있는 한 컵스에게 단 한 점도 주지 않을 생각이었다.

그런데 연장 13회 말 연속 2루타가 터지면서 경기는 6 대 5, 자이언츠의 짜릿한 역전승으로 끝이 났다.

비록 등판은 하지 못했지만 강동원은 팀의 승리로 덩달아 기분이 좋아졌다.

"괜찮아. 이겼으면 됐지 뭐."

다음 날.

디비전 시리즈 4차전 경기가 펼쳐졌다.

전날 역전승의 영향 때문일까. 자이언츠는 경기를 잘 풀어나가며 9회까지 5 대 2로 앞서갔다. 하지만 운명의 장난일까. 9회 말에 무려 4점을 내주며 컵스에게 챔피언십 시리즈 진출권을 넘겨주고 말았다.

어제 불펜에서 오랫동안 몸을 풀었던 강동원은 아쉽게도 오늘 경기에 나서지 않기로 하였다. 그래서 강동원은 내심 5차전까지 경기가 진행되길 바랐다.

하지만 아쉽게도 강동원의 포스트시즌 등판은 여기까지였다.

자이언츠를 물리치고 챔피언십 시리즈에 올라간 컵스는 다저스를 4승 2패로 따돌리고 월드시리즈까지 진출했다. 그리고 인디언스를 4승 3패로 제압하며 2016년 월드시리즈의 주인공이 됐다.

그렇게 길고 길었던 2016년 시즌이 끝이 났다.

# 26장
# 귀국

# 1

[OZA 305기가 현재 인천 공항에 도착하고 있습니다. 손님 여러분께서는 안전벨트를 착용하시고, 의자를 세워주시기 바랍니다.]

기장의 목소리가 들렸다.

비즈니스석에 안대를 착용한 남성이 깊은 잠에 빠져 있었다.

그 옆으로 아리따운 스튜어디스가 다가왔다. 그녀는 나긋한 목소리로 안대를 쓰고 잠에 빠졌던 박동휘를 흔들어 깨웠다.

"손님, 손님."

"아, 네에."

박동휘가 퉁퉁 부은 눈으로 스튜어디스를 바라봤다. 그러자 스튜어디스가 활짝 웃으며 말했다.

"이제 곧 인천 공항에 도착을 합니다. 등받이를 세워주시고, 안전벨트를 착용해 주시겠습니까?"

"아, 네에. 알겠습니다."

박동휘가 의자를 세웠다.

스튜어디스가 그 옆자리에 앉아 있는 사람을 깨우려 했다. 그러자 박동휘가 만류했다.

"제가 깨우겠습니다."

"아, 그리 해주시겠어요?"

"네."

"그럼 부탁드립니다."

스튜어디스는 언제나 밝은 미소로 대답을 했다. 박동휘는 정신을 차린 후 옆에 누워 있는 강동원을 보았다.

코까지 골며 어찌나 단잠을 자는지 박동휘의 입가에 절로 웃음이 번졌다.

"동원아, 동원아 일어나! 인천 공항이야."

"으응……. 벌써 도착이에요?"

강동원은 눈살을 찡그리며 기지개를 켜댔다. 그리고 창가를 통해 밖을 내다보았다.

저만치 인천 국제공항이 한눈에 들어왔다.

"드디어 도착했다."

강동원은 창가에서 한참 동안 시선을 떼지 않았다. 10개월 만에 다시 돌아온 한국이었다.

비록 대단한 성적을 거두지는 못했지만 이렇게 다시 한국에 돌아오니 괜히 기분이 좋아졌다.

강동원은 입국 수속을 밟은 후 곧바로 짐부터 찾았다. 몇 개의 짐은 미리 소포로 붙였는데도 큰 짐이 세 개나 되었다.

강동원은 키트 위에다 여행용 가방을 차곡차곡 쌓았다. 그러자 박동휘가 다급히 강동원을 붙들었다.

"잠깐만 동원아."

"응? 이건 뭐예요 형?"

"이거 써."

박동휘가 선글라스를 내밀었다. 그것을 본 강동원이 헛웃음을 흘렸다.

"이게 뭐예요, 형. 제가 무슨 연예인도 아니고……."

"그래도 이미지 관리상……."

"에이, 괜찮아요. 내가 누군지 아무도 모를걸요?"

강동원이 씩 웃고는 그대로 출국장으로 발길을 돌렸다.

"쓰고 가는 게 좋을 텐데……."

박동휘는 서둘러 강동원의 뒤를 쫓았다. 강동원은 빨리 집에 가고 싶은 마음에 성큼성큼 걸음을 옮겼다.

그렇게 출국장 문을 나서자.

“나왔다! 나왔어!”

기다렸다는 듯이 카메라 플래시가 터져 나왔다.

“강동원 선수가 나왔어.”

“어서 찍어!”

“강동원 선수 여기 좀 봐 주세요.”

“강동원 선수!”

강동원은 엉겁결에 그 자리에 멈춰 섰다. 비록 기자가 산처럼 많이 나온 것은 아니지만 그래도 열댓 명가량은 되어 보였다.

“내가 뭐랬냐?”

그 옆으로 박동휘가 섰다. 박동휘가 말없이 강동원에게 선글라스를 건넸다.

“형, 어떻게 된 거예요?”

뒤늦게 선글라스를 착용한 강동원이 고개를 돌렸다.

“글쎄다. 나도 잘 모르겠네.”

“이 사람들 정말 저 기다리는 거 맞아요? 다른 사람이랑 착각한 거 아니구요?”

“누구? 설마 배우 강동원?”

"제가 이 정도까지는 아니지 않나요?"

"솔직히 외모는 좀 밀리지. 하지만 메이저리거잖아. 당당하게 받아들여, 인마."

박동휘가 히죽 웃었다. 그러자 강동원이 미심쩍은 표정을 지었다.

"이거 설마, 형 작품이에요?"

"작품까지는 아니고, 그냥 소스 정도? 어쨌든 가자! 팬들도 네가 귀국했다는 사실 정도는 알아야 하지 않겠냐?"

"형도 참."

강동원은 어쩔 수 없다는 표정을 지으며 박동휘를 따라서 이동했다. 그러자 곧바로 기자들이 달려들었다.

박동휘는 늘 그래왔던 것처럼 침착하게 강동원의 앞을 막아섰다.

"자자, 일단 자리를 이동한 후 간단히 질문을 받도록 하겠습니다."

박동휘는 기자들을 데리고 구석진 곳으로 자리를 옮겼다. 덩달아 강동원도 카트를 끌고 기자들과 함께 이동해야 했다.

"강동원 선수, 에브리데이 스포츠입니다. 9월 로스터 확대에서 처음으로 메이저리그로 올라가서 포스트시즌까지 경험했는데 소감이 어떻습니까?"

"일단 올해 메이저리그를 경험했다는 건 여전히 꿈만 같습니다. 열심히 했는데 구단에서 좋게 봐 준 것 같다는 생각이 듭니다. 하지만 자이언츠가 디비전 시리즈에서 져서 많이 아쉽습니다. 시즌이 너무 일찍 끝난 기분입니다."

"스포츠데일리입니다. 올해 자신에게 몇 점을 주고 싶나요??"

"9월 한 달 던지고, 포스트시즌에 잠깐 불펜으로 활동한 것이 전부입니다. 굳이 점수까지는……."

"그럼 내년 시즌 메이저리그에서의 풀타임 가능성은 몇 퍼센트라고 보십니까?"

"그건 구단에서 판단할 문제라 제가 답변 드리긴 어려울 것 같습니다. 다만 저는 풀타임으로 뛰는 메이저리거가 되기 위해 최선을 다할 생각입니다."

"조이스포츠입니다. 9월 로스터 확장 후 선발로 3번을 던져 모두 승리를 챙겼는데요. 그렇다면 내년 시즌도 계속 선발로 던진다고 봐야 하나요?"

"당연합니다. 전, 메이저리그 선발 투수가 되기 위해 노력해 왔습니다."

"메이저리그에 다른 한국 선수가 많이 뛰고 있는데요. 따로 교류하는 선수가 있나요?"

"지난번에 카디널스의 오승완 선배님과 만나 식사도 하고, 메이저리그에 대해서 많은 도움을 받았습니다."

"오승완 선수를 메이저리그에서 봤을 때 어떤 느낌이었나요?"

"역시 대단한 선수라는 생각이 들었습니다."

"마지막으로 내년에 대한 각오 한 말씀 부탁드립니다."

"저를 응원해 주시는 팬 여러분께 진심으로 감사의 말씀을 드립니다. 앞으로 열심히 할 테니 끝까지 지켜봐 주시길 바랍니다."

기자들은 쉴 새 없이 질문을 퍼부었다. 그중에는 중복되는 질문도 상당히 많았다.

"자, 일단 오늘은 여기까지 하겠습니다."

나올 만한 질문은 거의 다 나오자 박동휘가 나서서 임시 기자회견을 끝냈다.

"후우……!"

두 시간 만에 공항 밖으로 빠져나온 강동원이 긴 한숨을 내쉬었다. 그러자 박동휘가 씩 웃으며 강동원의 엉덩이를 두드렸다.

"형 때문에 고생 많았다."

"알면 다음부터는 미리미리 알려줘요."

"하하. 그래, 알았다. 그리고 조금만 기다려. 곧 차가 올 거야."

박동휘와 강동원은 도로가에 서서 차를 기다렸다. 그때 한 소녀 팬이 조심스럽게 강동원 곁으로 다가왔다.

소녀는 쭈뼛쭈뼛하며 펜과 수첩을 내밀었다.

"저, 저기…… 사, 사인 좀 부탁드려도 될까요?"

강동원이 빙긋 웃으며 소녀를 보았다. 중학생처럼 보인 그녀는 꽤나 귀여운 보조개를 한 소녀였다.

"저, 누군지 알아요?"

강동원이 물었다. 그러자 그 소녀는 수줍게 고개를 끄덕이며 말했다.

"가, 강동원이요."

"저 배우 아니에요. 알아요?"

"네, 야구 선수잖아요."

"오~ 그런데 야구 좋아해요? 절 어떻게 아세요?"

"그, 그게……."

소녀는 너무나 부끄러운지 말을 제대로 못했다. 그러자 옆에 있던 박동휘가 툭 치며 말했다.

"뭘, 그런 것까지 세세하게 물어봐. 실례잖아. 그냥 어서 사인이나 해줘."

"칫, 알았다고."

강동원은 소녀가 내민 수첩에 사인을 해주었다.

"이름이……."

"수, 수지예요. 강수지."

"오~ 나하고 똑같은 강씨네? 강수지. 자, 여기 있습니다."
"가, 감사합니다."
수첩을 건네받은 소녀는 허리를 90도로 인사를 하고는 쏜살같이 사라졌다. 그 모습을 바라보며 강동원은 피식 웃음을 흘렸다.
그때였다.
"차 왔다. 어서 타."
박동휘의 말에 강동원이 고개를 돌렸다. 저만치 검정색 SUV가 턱하니 서 있었다.
"올~ 이거 형 차예요?"
"그럼! 네가 하도 구박을 해서 하나 장만했다."
"잘했어요. 맞아, 형 정도면 이 정도는 끌고 다녀야죠."
강동원이 새 차를 둘러보며 칭찬을 했다. 외제차는 아니지만 국내에서 최고급에 속하는 차였다.
"원래는 자그마한 걸로 사려고 했는데 네가 지난번에 보태준 돈까지 투자해서 과감하게 큰 놈으로 질렀다."
"에이, 뭘 그런 이야기까지 하고 그래요."
강동원이 손사래를 치며 뒷자리에 올라탔다. 마음 같아선 아예 차 한 대를 통째로 사 주고 싶었지만 이제 막 메이저리그에 올라온 터라 에이전트 수수료에 조금 더 챙겨주는 걸로 마무리 지었다.

"참, 인사해. 이야기 들었지? 여기 김철승 씨."

박동휘가 운전석 쪽을 가리키며 말했다. 늘 박동휘가 앉아 있었던 그 자리에는 강동원만큼이나 체격 좋은 사내가 대신 운전대를 잡고 있었다.

"내려서 인사를 드려야 하는데 죄송합니다, 강동원 선수. 김철승이라고 합니다."

"아니에요. 그리고 저보다 세 살 많으신데 말씀 편히 하세요."

"하하. 듣던 대로 성격 좋으시네요. 그건 나중에 차차 하겠습니다.

"그럼 출발한다."

뒷문을 닫은 뒤 박동휘가 조수석 쪽으로 이동했다.

"왜 거기 앉아요? 뒤에 앉아서 편안하게 가요."

"너 편하게 가라고."

"여기 넓어요."

"어차피 곯아떨어질 거면서 뭘. 그리고 철승 씨 초행길이라 내가 길 안내 해야 해."

"내비 찍으면 되잖아요."

"거참 말 많네. 아무튼 이제 출발한다."

박동휘가 차를 출발시켰다. 잠시 입술을 삐죽거리던 강동원은 얼마 되지 않아 슬그머니 눈을 감았다.

"하아암. 저 무슨 병 있나 봐요. 왜 자도 자도 잠이 오죠?"

"아직 시차 적응이 안 되어서 그럴 거야. 어서 자, 부산까지 가려면 한참이니까."

"알았어요, 형. 그럼 부탁할게요."

"그래!"

얼마가지 않아 강동원은 코를 골며 잠에 빠져들었다. 그 소리가 어찌나 요란하던지 운전대를 잡은 신입 사원 김철승이 몇 번이고 룸미러를 힐끔거릴 정도였다.

그러나 박동휘는 강동원이 잘 자는 모습만 봐도 기분이 좋았다.

잘 자고 잘 먹는 것.

메이저리그에서 이보다 더 중요한 일은 없었다.

"동원이 코 고는 건 처음 듣지?"

"아, 네."

"익숙해지라고. 우리 회사에 오래 있으려면 말이야."

박동휘가 흐뭇하게 웃었다. 그렇게 강동원을 태운 차가 부산을 향해 내달렸다.

얼마가 지났을까.

"으으음."

강동원이 신음을 흘리며 눈을 떴다.

"동원아, 일어났어?"

"으응, 형. 어디에요?"

"지금 딱 부산에 들어서려던 차다."

"그래요?"

강동원이 눈을 부비며 밖을 살폈다. 밖은 어두컴컴한 밤이었다. 그래도 저만치 서부산 요금소란 간판은 선명하게 보였다.

"벌써 밤이네. 형은 안 피곤해요?"

"나야 비행기 안에서 푹 잤잖아! 그리고 운전은 철승 씨가 다 했고."

"참, 그렇지."

"그보다 넌 어때? 계속 졸려?"

"아뇨, 푹 잤더니 이제 좀 괜찮아졌어요."

"다행이네. 그래도 좀 더 자. 어머니 댁에 가려면 좀 더 가야 해."

"아니에요. 이제 정신 차려야죠."

강동원은 그렇게 말을 하며 차문을 열었다. 10월이라 시원한 밤바람이 들어왔다.

"으으. 쌀쌀하니 조오타!"

강동원이 씩 웃었다. 인천 공항에 도착할 때도 기분 좋았지만 부산에 왔다고 생각하니 비행으로 쌓인 피로가 깨끗이 사라지는 기분이 들었다.

차는 다시 약 1시간을 더 달려 강동원의 집에 도착을 했다.

강동원은 차에서 내려 곧장 대문을 열고 소리쳤다.

"엄마! 엄마! 아들 왔어. 엄마!"

하지만 아무리 불러도 대답이 없었다.

"엄마?"

부엌이든 방이든 엄마의 모습은 그 어디에도 없었다. 강동원은 힐끔 시계를 보았다. 저녁 10시가 다 되어가고 있었다.

"아직 안 끝나셨나?"

그때 짐을 챙긴 박동휘가 들어왔다.

"어머니 안 계셔?"

"네, 아직 가게에 계시나 봐요."

"그래? 그럼 모시러 가야지?"

"아무래도 그래야겠네."

강동원이 아쉬운 듯 중얼거렸다. 한국으로 돌아가면 어머니가 반겨주는 모습을 상상했을 텐데 집이 텅 비어 있으니 쓸쓸해하는 것도 무리는 아니었다.

그런 강동원의 기분을 살피며 박동휘가 다가왔다.

"여기서 이러지 말고 어머님 모시러 가자."

"네."

강동원과 박동휘는 곧장 어머니가 계신 가게로 갔다. 입구에 도착하자 낯익은 아저씨의 목소리가 들려왔다.

"어요, 김 여사. 딱 한 잔만 더 할게."

"벌써 많이 드셨어요. 저도 이제 가게 문 닫아야 되요."

"딱 한 잔이면 된다니까."

"오늘 우리 아들 오는 날이에요. 저도 어서 가게 문 닫아야 돼요. 그러니 그만 들어가세요, 김 사장님."

"그러지 말고……."

그때 문이 드르륵 열렸다.

어머니의 시선이 문 쪽으로 향했다. 그 순간 어머니의 눈이 크게 떠졌다. 대머리 김 사장도 문 쪽으로 봤다. 눈을 부라리며 서 있는 강동원을 보며 움찔했다.

"이 시간에 아직까지 손님이 계셨네요."

강동원이 말을 하는데 싸늘한 기운마저 느껴졌다. 김 사장은 움찔하며 자리에서 일어났다.

"아, 아니야. 인자 일어나려고 했다 아이가. 커억, 김 여사 잘 묵었네."

김 사장은 서둘러 자리에서 일어났다. 주머니에서 돈을 꺼내 탁자에 내려놓고 부랴부랴 밖으로 나갔다.

강동원은 저 멀리 사라지는 김 사장의 뒷모습을 지켜보았다. 비틀비틀거리며 어둠 속 골목으로 사라지는 그를 보며 나직이 중얼거렸다.

“저 인간을…….”

강동원이 빠득 이를 갈았다. 그때 뒤에서 어머니의 음성이 들려왔다.

“아, 아들! 언제 왔니? 엄마가 막 가게 정리하고 가려고 했거든.”

어머니는 부랴부랴 식당 안을 정리했다.

“어머니, 10개월 만에 보는 아들 얼굴인데 그게 다예요?”

강동원의 말에 어머니의 얼굴은 더욱 미안해졌다. 그러다가 강동원에게 다가가 살며시 안아주었다.

“미안해, 아들! 고생했어.”

어머니는 강동원의 등을 토닥여 주었다. 그제야 강동원의 표정도 풀어졌다.

“어디 보자!”

어머니는 강동원의 얼굴을 매만졌다. 검게 그을린 피부가 이제는 제법 자연스러워졌다. 고생만 했다면 가슴이 아팠을 테지만 메이저리그에서 자리를 잡고 있다니 멋진 훈장처럼 느껴졌다.

“우리 아들, 점점 어른이 되어가는구나.”

어머니가 웃으며 말했다.

낯선 땅에서 낯선 사람들과 부대끼며 살아간다는 것이 힘든 일이라는 것쯤은 잘 알고 있었다. 그런데도 이렇듯 아무 일 없이 잘 돌아와 준 아들이 고맙고, 또 한편으로는 미안하기도 했다.

"이만 집에 가요, 어머니."

어머니의 눈시울이 붉어지자 강동원이 멋쩍게 웃으며 말했다.

"내 정신 좀 봐. 그래, 어서 가자. 엄마가 너 좋아하는 거 많이 준비했거든."

어머니는 부랴부랴 주방으로 가서 뭔가를 챙기고 있었다. 당연히 아들 먹일 음식이라는 것쯤은 알고 있었다. 그사이 강동원과 박동휘는 어머니 가게를 정리했다.

가게 셔터를 내리고 나온 어머니 손에는 가득 무언가가 들려 있었다. 어머니는 강동원을 향해 환한 얼굴로 말했다.

"어서 가자꾸나!"

그렇게 강동원과 어머니 두 모자는 집으로 올라가는 골목길을 함께 거닐었다. 이렇게 걸어보는 것도 10개월 만이었다.

"아아, 좋다!"

어머니는 강동원에게 팔짱을 끼며 행복한 미소를 지었다. 그런 어머니를 보며 강동원 또한 기분이 좋아졌다.

"어머니!"

"으응, 아들?"

"내일 하루 가게 쉬어도 되죠?"

"그건 상관없는데, 무슨 일로?"

"어머니, 저랑 같이 갈 데가 있어요."

"그래? 알았어. 엄마도 오랜만에 아들이랑 데이트해야겠다."

"후후후, 네에. 그래요."

어머니는 마치 소녀로 되돌아 간 듯 밝게 웃음 지었다. 그 모습을 바라보며 박동휘도 흐뭇한 미소를 머금었다.

다음 날 아침.

아침 해가 떠오르기가 무섭게 강동원과 어머니는 집을 나섰다.

강동원은 검은색 슈트 차림이었다. 어머니도 깔끔한 정장 차림으로 외출했다. 그녀도 오랜만에 정장을 입어보았다.

"얘는, 갑자기 왜 이런 걸 입으라고 해서는……."

"중요한 날이잖아요."

어머니는 가게 일을 주로 했기에 항상 편한 복장이었다. 그래서 오랜만에 정장을 입는 게 어색한 모양이었다.

그때마다 강동원은 품위 있는 여사님처럼 보인다고 농담처럼 말했다.

그렇게 강동원과 어머니는 골목을 따라 걸었다. 한참 뒤, 넓은 공터로 나오자 박동휘가 대기하고 있었다.

"형, 왔어요? 오래 기다렸죠?"

"아니야. 나도 방금 왔어."

"고마워요, 형."

"당연히 해야 할 일인데 뭘. 어머니 이리 주세요."

박동휘는 냉큼 어머니에게 다가가 손에 들린 것을 받았다.

"고마워요."

"뭘요. 어서 타세요."

강동원은 어머니를 부축해 뒷좌석에 앉혔다. 그리고 자신은 앞좌석에 앉았다.

잠시 후 박동휘가 운전석에 앉으며 말했다.

"그럼 출발하겠습니다."

잠시 후, 차가 도착한 곳은 부산의 영락공원이었다.

이곳은 돌아가신 강동원의 아버지가 모셔져 있는 곳이기도 했다. 영락공원 봉안당에 모셔놓은 아버지를 만나기 위해 강동원과 어머니가 아침 일찍부터 움직인 것이었다.

박동휘는 주차장에 차를 세워놓고 대기하기로 했다.

강동원이 어머니와 손을 잡고 봉안당 안으로 들어갔다. 아침 일찍이라 사람들이 거의 없어 조용했다.

2층으로 올라간 강동원은 몇 번이나 모퉁이를 돌아 발길을 멈추었다. 중간쯤 강동원의 시선이 꽂혔다. 아버지의 이름 석 자가 쓰인 명패가 눈에 들어왔다.

강동원이 조심스럽게 열쇠를 꽂고 문을 열었다. 그제야 인자한 미소로 웃고 있는 아버지가 강동원을 반겨주었다.

"아버지 잘 계셨어요? 오늘은 어머니랑 같이 왔어요."

강동원이 아버지 사진에 대고 나직이 중얼거렸다. 어머니는 고개를 수그린 채 꽃을 두고는 뒤로 물러났다. 아버지를 만난다는 생각만으로도 어머니의 눈은 촉촉이 젖어 있었다.

"어머니, 이리 오세요."

강동원은 어머니를 잡아끌었다. 그리고 아버지를 향해 환하게 웃어 보였다.

"아버지, 저 아버지 말대로 야구 열심히 하고 있어요. 그래서 자주는 못 오지만 하늘나라에서 꼭 지켜봐 주세요. 저도 항상 아버지를 생각하며 야구 할게요. 그리고 아버지 대신 제가 어머니 잘 모시고 효도하며 살 테니까 어머니 걱정은 마세요. 아셨죠?"

그 한마디에 어머니는 참았던 울음을 터뜨렸다.

그 시각 박동휘는 밖에서 핸드폰을 붙들고 씨름하는 중이었다.

통화를 마쳤나 싶더니 또다시 핸드폰 진동이 울렸다.

"나 참. 진짜 쉴 틈을 안 주네."

박동휘가 무겁게 푸념을 늘어놓았다. 하지만 그것도 잠시. 통화 버튼을 누르기가 무섭게 목소리가 달라졌다.

"네, 여보세요? 네, 이 PD님! 하하하, 이것 참 죄송합니다. 오늘은 힘들 것 같은데요. 아니요, 그게 아니라 강동원 선수 오늘 중요한 일이 있어서요. 네네, 그럼요. 다음에는 꼭 나가겠습니다. 네에, 그럼 또 연락드리겠습니다."

하지만 잠시 후, 또 다른 전화가 걸려왔다. 박동휘는 연신 바쁘게 핸드폰을 붙든 채 곤욕을 치르고 있었다.

그렇게 약 30여 분이 흘러갔을 무렵, 주차장으로 강동원과 어머니가 모습을 드러냈다.

박동휘가 곧장 두 사람에게 다가갔다.

"아버님 잘 뵙고 왔어?"

"네."

강동원이 희미하게 웃었다.

"그래, 어서 타."

"네."

강동원은 대답을 하고 곧바로 어머니를 챙겼다.

"어머니."

"그래."

어머니도 강동원의 손을 잡고 차에 올라탔다. 여전히 눈시울은 붉게 물들어 있었지만 한결 밝아진 얼굴이었다.

그날 오후.

집에서 점심을 먹은 뒤 강동원과 어머니는 다시 박동휘의 차를 타고 움직였다.

차를 몰아 도착한 곳은 부산에서도 유명한 백화점이었다.

"저, 저기 아들……."

"응? 왜?"

"갑자기 백화점은 왜?"

"왜긴 엄마 옷 한 벌 사려고 그러죠. 모두 옛날 옷밖에 없잖아요."

"하지만……."

어머니는 잠시 주위를 확인하더니 강동원 곁으로 바짝 다가가 귓속말을 하였다.

"아들, 여기 백화점이야. 엄청 비싸!"

"괜찮아요! 아들 돈 많이 벌었어요. 이 정도는 괜찮아요."

"그래도……."

어머니는 여전히 부담스러운 눈빛이었다. 강동원은 그런

어머니의 어깨를 딱 붙잡고 명품 브랜드가 늘어선 1층으로 내려갔다.

강동원은 카탈로그에서 미리 봐둔 대로 여성복 전문 매장으로 향했다.

그곳에 있던 매니저가 환한 얼굴로 다가왔다.

"어서 오세요, 손님."

"네, 저희 어머니 옷 좀 보려고요."

"아, 네에. 이쪽으로 오세요."

"아들……."

"괜찮다니까요. 엄마. 자, 가요."

강동원은 어머니 손을 잡고 함께 옷을 골랐다. 여기저기 옷을 둘러보다 하얀 블라우스를 집어 들었다. 어머니는 슬쩍 보시더니 젊은 애들이나 입는 옷이라며 고개를 가로저었다.

어머니는 스타일보다는 가격표만 열심히 확인하고 있었다. 그중 괜찮아 보이는 가을용 코트를 집었다.

"여기 거울 앞에서 입어보세요."

어머니는 거울 앞에서 빙글 돌아보며 매무새를 확인했다.

"어머나, 어머니 너무 잘 어울리세요."

매니저도 놀란 만큼 어머니에게 잘 어울리는 옷이었다.

"역시 우리 엄마야. 뭘 입어도 이쁘다니까요."

하지만 어머니는 매니저가 안 보는 사이에 가격표부터 확인했다. 그러고는 화들짝 놀라며 서둘러 옷을 벗었다.

“이건 나한테 안 어울리네요.”

“네에? 어머니 정말 잘 어울리시는데요.”

매니저는 의아한 얼굴로 말했다.

“엄마, 정말 예뻐요! 그걸로 사요.”

그러자 또다시 어머니는 강동원 곁으로 다가가 속삭였다.

“아들, 너무 비싸. 50만 원이나 한다고.”

그 말에 강동원은 웃고 말았다.

“하하하! 엄마 괜찮아요. 그 정도는 내가 충분히 계산할 수 있어요.”

“그래도, 엄만 이런 것보다…….”

“됐어요, 이런 거 하나쯤 있으며 좋죠 뭐. 이걸로 할게요. 포장해 주세요.”

“아들…….”

어머니는 극구 말렸지만 강동원은 들은 척도 하지 않았다. 그 뒤로 옷 몇 벌을 더 집어 든 뒤에야 강동원과 어머니는 매장을 나설 수 있었다.

“너 돈을 이렇게 막 써도 괜찮은 거니?”

“아이 참! 괜찮다고 했잖아요. 나 보너스 두둑하게 받았다니까요.”

“그래도 아껴야지…….”

어머니는 강동원의 마음이 고마우면서도 한편으론 불안했다. 이러다 강동원이 미국에 가서 돈이 없어서 고생하는 건 아닐까 걱정이 들었다.

그때였다.

"저, 저기 혹시 자이언츠의 강동원 선수 아니에요?"

매니저로 보이는 사내가 급히 강동원에게 다가섰다.

"아, 네. 그런데요?"

강동원이 가볍게 웃으며 말했다. 그러자 매니저가 반갑다며 냉큼 강동원에게 손을 내밀었다.

"강동원 선수, 정말 팬입니다. 제가 부산 자이언츠만큼이나 메이저리그 자이언츠도 좋아하는데 강동원 선수 등판하는 경기는 빼먹지 않고 보고 있습니다."

"하하. 감사합니다."

"그래서 드리는 말인데 괜찮으시면 사진 한 장만 찍어도 될까요?"

매니저가 조심스럽게 청했다. 그러자 강동원이 물론이라며 고개를 끄덕였다.

"감사합니다! 강동원 선수!"

매니저는 냉큼 자신의 핸드폰을 꺼냈다.

"제가 찍어드릴게요. 강동원 선수 에이전트입니다."

박동휘가 그 핸드폰을 받아 들고 매니저와 강동원을 찍어

주었다.

“강동원 선수. 괜찮으시면 따로 사진 한 장 찍어도 될까요?”

“저만 따로요?”

“어머님하고 에이전트분도 함께 찍으시죠. 저희 호텔이 인테리어가 좋아서 사진이 잘 나올 겁니다.”

매니저의 권유에 강동원과 어머니, 박동휘가 모여 사진을 찍었다.

매니저는 몇 장을 찍더니 그중에서 가장 좋은 사진을 박동휘의 핸드폰으로 전송했다.

“저기 혹시 이 사진을…….”

“백화점 홍보용으로 쓰고 싶단 말씀이시죠?”

“아, 네. 혹시 가능할까요?”

“흠……. 대신 이번 한 번뿐입니다. 다음부터는 공식적인 절차를 밟아주셔야 해요.”

박동휘가 살짝 으름장을 놓았다. 솔직히 아직 메이저리그에서 완전히 자리를 굳힌 게 아니다 보니 초상권을 운운하기가 애매하긴 했지만 그렇다고 무작정 강동원의 사진을 퍼가도록 내버려 둘 수는 없는 노릇이었다.

“아, 그럼요. 감사합니다. 아마 윗분들도 좋아하실 겁니다.”

매니저도 박동휘의 말을 알아듣고는 환하게 웃었다. 적어도 이번에 한해서는 강동원의 사진을 쓸 수 있으니 그것만으로도 만족스러운 모양이었다.

“저기 죄송한데 저희하고도 사진 찍어주시면 안 돼요?”

“강동원 선수죠? 저도 메이저리그 좋아해요!”

“저도 강동원 선수 알아요.”

강동원은 순식간에 여성 팬들에게 둘러싸였다.

“죄송합니다. 여기서 이러시면 안 됩니다. 물러나 주세요.”

박동휘는 사람들이 모일까 봐 정중하게 양해를 구했다. 그러자 강동원이 괜찮다며 웃어 보였다.

“이분들까지만 찍어주자.”

강동원은 여성 팬들과 다 함께 사진을 찍은 뒤 일일이 사인도 해주었다. 어머니는 그 모습을 흐뭇한 얼굴로 지켜보았다.

그렇게 백화점에서 쇼핑을 끝낸 뒤 박동휘는 다시 어딘가로 차를 몰았다.

“우리 아들, 사람들한테 인기 엄청 많던데?”

어머니가 한마디 툭 던졌다. 그러자 강동원이 민망해하는 얼굴이 되었다.

“에이, 인기는 무슨…….”

“그래도 엄만 기분 좋더라. 우리 아들이 사람들에게 인정받고 있는 것 같아서.”

“아니에요. 아직 멀었어요.”

"그래도 엄마는 우리 아들 자랑스러워."

어머니의 그 한마디에 강동원은 저도 모르게 뿌듯했다.

"근데 아들!"

"응?"

"그런데 아까 보니까. 여자들도 우리 아들 좋아하는 거 같던데?"

"으응? 그, 그랬나?"

강동원이 슬쩍 딴청을 피웠다. 어머니가 무슨 말을 하려는지 알아챈 것이다.

아니나 다를까.

"그래, 최대한 빨리 가정을 가져야 너도 마음이 편할 거야. 엄마도 얼른 손주 보고 싶고."

"엄마도 참. 나 이제 스물하나예요."

"스물하나가 왜? 미성년자도 아니고."

"어휴, 무슨 벌써부터 손주 타령이에요."

강동원은 민망함에 말까지 더듬었다.

"그래도 여유가 있을 때 가야지."

"아직 여자 친구도 없거든요."

"그럼 엄마가 참한 아가씨 알아볼까?"

"나중에 여자 친구 생기면 그때 정식으로 소개시켜 드릴 테니까 좀 참아요."

그렇게 웃고 떠드는 사이, 강동원과 어머니를 태운 차량은 다음 목적지에 도착했다.

어머니는 신축아파트 단지로 들어서자 눈이 크게 떠졌다.

"여긴 어디니? 우리 집은 반대편 아니니? 왜 여기로 와?"

"후후, 따라와 보시면 알아요."

차를 지하 주차장에 잘 세워놓은 뒤 강동원과 어머니, 박동휘는 엘리베이터를 타고 15층에 올라갔다.

"동원아, 여기."

"아. 고마워요, 형."

박동휘에게서 카드를 건네받은 강동원이 1504호 문 앞으로 다가갔다. 그리고 인식기에 카드를 가져다 댔다.

그 순간 '띠리릭' 소리와 함께 문이 열렸다.

"어머니, 들어와요."

"여길?"

"일단 들어와 봐요."

강동원은 어머니의 손을 잡아끌고 집 안으로 들어갔다. 집 안은 깨끗했다. 신축된 지 얼마 되지 않아 아직 아무것도 들어와 있지 않았다.

"가구들은 입주 전에 다 설치가 되는 거죠?"

강동원이 박동휘를 바라보며 물었다.

"그럼. 입주 날짜만 정해주면 청소까지 깨끗하게 해준다고 했어."

박동휘가 걱정할 것 없다며 고개를 끄덕였다.

"무슨 이야기를 하는 거니? 누가 여기로 이사를 오는데?"

어머니가 영문을 모르겠다며 강동원을 바라봤다. 그러자 강동원이 짓궂게 웃으며 말했다.

"엄마, 여기 어때요?"

"글쎄. 깨끗하니 신혼부부가 살기에는 좋을 것 같은데."

"엄마, 여기가 이제부터 엄마 집이에요."

"……?"

어머니는 놀란 토끼 눈이 되었다. 그러자 강동원이 피식 웃으며 말했다.

"전에 제가 약속했잖아요. 아파트 사 주겠다고."

지금 들어와 있는 아파트가 그 옛날 집으로 돌아가던 길에 강동원이 가리켰던 신축 아파트였다. 하지만 어머니는 그때의 일을 잊어버린 모양이었다.

"그, 그게 무슨 소리니?"

"뭔 소리냐뇨. 이제부터 여기가 우리 집이라는 거죠."

"아, 아들……."

어머니는 너무 놀란 나머지 입을 쉽게 다물지 못했다. 그 사이 강동원은 집에 대해서 하나하나 설명을 했다.

"평수는 25평이에요. 발코니 확장은 일단 하지 말라고 했는데 엄마가 보고 필요할 것 같다 싶으면 말해요. 그 비용은 무료예요. 저 없는 동안 혼자 지내기에는 좀 넓긴 하겠지만 그래도 전에 살던 집보다는 나을 테니까요. 그리고 이 집이 최신식이라 터치식인 게 많거든요. 엄마 스마트폰으로도 되니까 잘 확인하고, 그리고 이건……."

강동원이 어머니를 데리고 다니며 안방부터 시작해서 거실, 화장실까지 하나하나 설명을 해주었다.

박수 몇 번으로 전등 조작까지 모든 게 자동화된 집이었다. 어머니는 이런 집이 신기했는지 집 안 여기저기를 둘러보았다. 특히 어머니가 마음에 들어한 곳은 주방이었다.

"어머나! 이렇게 발을 누르면 물이 나오네. 신기해라."

주방 싱크대 밑에 발판을 터치하자 물이 나왔다. 발판을 눌러야 물이 나오고 다시 터치를 하면 물이 나오지 않는 방식이었다.

그렇게 다 둘러봤을 때쯤 강동원이 주머니를 뒤적거렸다.

"자, 이게 아파트 열쇠예요."

강동원이 어머니에게 여분의 카드를 건넸다. 그러자 어머니가 잠깐 머뭇하더니 조심스럽게 말을 했다.

"아들, 그런데 엄마는 그 집도 괜찮은데……."

척 봐도 수억은 되어 보이는 아파트였다. 강동원이 미국에서 큰돈을 받았더라도 이 정도 아파트를 사고 나면 남는 게 없을 것 같았다.

하지만 강동원은 단호했다.

"안 돼요! 아들이 돈 벌었는데 왜 그 낡은 집에서 살아요. 엄마 그렇게 고생하면 다들 저를 욕한다고요! 이제 저도 유명인이 될 텐데 엄마가 그런 곳에 있으면 절 뭐라고 하겠어요. 그리고 엄마도 이런 집에 계셔야 제가 맘 편히 미국 가서 야구하죠."

"네, 어머니. 동원이 말대로 하세요. 이래 봬도 동원이 돈 잘 벌어요."

박동휘도 곁에 와서 거들었다. 어머니는 두 사람이 그렇게 말을 하니 어쩔 수 없다는 듯 고개를 끄덕였다.

"그래, 알았다. 고마워, 동원아."

"고맙긴요, 이제야 효도를 할 수 있게 되어 전 기쁜걸요."

어머니는 강동원에게 살며시 다가가 안아주었다. 강동원도 어머니를 안았다.

"그런데 아들, 이렇게 돈 다 쓰면 남는 거라도 있어?"

어머니가 강동원에게서 떨어지며 뜬금없이 물었다. 그러자 강동원이 한숨을 길게 내쉬었다.

"하아, 엄마 쫌……."

"왜? 엄만 그게 걱정이지. 이렇게 돈을 다 쓰면 넌 어떻게 하니?"

"전 걱정 마세요. 제가 알아서 해요. 그리고 여기 동휘 형이 얼마나 깐깐한데, 제가 돈 허투루 쓰고 다니면 엄마보다 더 잔소리해요. 그러니까 걱정하질 마요."

"알았어, 아들!"

어머니는 강동원의 엉덩이를 툭툭 건드렸다.

"우리 아들이 언제 이렇게 커서는……."

"아직 놀라기에는 이른데요?"

"으응?"

강동원의 말에 어머니는 눈을 다시 크게 떴다.

"히힛!"

강동원은 알 수 없는 웃음만 지을 뿐이었다.

"아들, 왜 그래? 뭐가 또 있어?"

"그럼, 또 다른 것이 있죠! 자, 따라와요."

강동원이 어머니의 손을 붙잡고 아파트를 나섰다. 어머니는 영문도 모른 체 강동원 손에 이끌려 갔다.

"아들! 도대체 어디 가는 거니?"

"따라와 보세요."

어머니는 강동원의 손에 이끌려 상가 건물로 향했다. 이제 막 새로 지은 빌딩에 위치해 있었다.

아파트에서도 걸어서 10분 거리였다. 아파트가 들어서면서 상가 건물도 함께 지어졌던 모양이었다.

"아들, 여긴 왜?"

어머니가 상가 건물로 들어가려는 강동원의 손을 멈추었다. 하지만 강동원은 계속해서 웃으며 말했다.

"일단 따라와 보시라니까요."

"……."

어머니는 또다시 강동원에게 이끌려 상가 건물 안으로 들어갔다.

그리고 복도를 몇 번 지나 텅 빈 방 안으로 들어갔다. 딱보니 15평 남짓 되어 보이는 공간이었다.

"엄마, 여기 어때요?"

"여기? 괜찮은 것 같기는 한데……."

"그죠? 역시 내가 잘 골랐다니까."

"그게 무슨 말이니."

"저, 여기도 계약했어요."

"뭐? 여기를 계약해? 아니 왜?"

"왜긴요, 엄마 여기서 편하게 장사하시라고 하는 거죠. 게다가 여기가 집도 가깝고."

"뭐어?"

어머니는 주위를 둘러보며 말을 잇지 못했다. 아들이 이렇듯 자신을 생각해 줘서 장만을 해줬는데 기뻐해야 하는지 잘 몰랐다.

그때 박동휘가 들어왔다.

"형, 계약서는요?"

"여기!"

0박동휘가 자신의 가방을 손으로 툭툭 건드렸다. 그러자 어머니가 깜짝 놀라며 말했다.

"벌써 계약 끝났어?"

"네, 어머니."

박동휘가 환하게 웃으며 말했다. 어머니는 곧장 강동원을 보았다.

"그렇게 곧장 계약하면 어떻게 해. 여기다가 무슨 장사를 할지. 뭘 어떻게 꾸밀지 아무것도 안 되어 있는데."

어머니는 벌써부터 걱정이 이만저만 아니었다. 그러자 강동원이 어머니의 손을 살포시 잡았다.

"엄마, 걱정 마요. 여긴 체인점이 들어올 거예요. 그쪽에서 알아서 다 해줄 테니까. 엄마는 사장 노릇 하면서 계산만 딱딱. 무슨 말인지 알죠? 그것도 동휘 형이 도와줄 거예요."

"네, 어머니. 걱정 말고 언제든지 절 불러주십시오. 제가 연락이 안 되면 직원이 내려가서 제 일처럼 도울 겁니다."

박동휘가 씩 웃으며 말했다.

"자, 봤죠? 그러니 엄만 걱정 아무 걱정 안 해도 돼요. 솔직히 제 입장에서는 엄마가 장사하지 않고 편히 사셨으면 좋겠는데……. 이런 것까지 안 하면 엄마 심심해하실 거 같아서. 그래도 무리는 하지 마시고요."

"아들……."

어머니가 감동한 얼굴로 강동원을 바라보았다. 그러다 뭔가를 깨닫고는 다시 걱정스러운 표정으로 바뀌었다.

"그런데 여긴 얼마나 하니? 자릿세가 비쌀 텐데……."

"하아, 엄마. 제발 그런 걱정 마세요. 내가 더욱더 열심히 해서 월세랑 다 낼 거니까요. 그러니 엄만 그냥 편안하게 장사하세요."

"그래도……."

"그리고 제법 괜찮은 프랜차이즈니까 장사 잘될 거예요. 가겟세 못 내서 망할 리 없을 거예요."

"그렇다면 다행이고. 어쨌든…… 고마워, 아들."

어머니는 그제야 안도하듯 웃었다. 그리고 아들이 준 고마운 선물을 감사하게 받기로 했다.

아들이 이렇듯 기뻐하는데 부모로서 차마 거절할 수가 없을 것 같았다.

'그나저나 우리 아들, 효자 다 됐네.'

강동원이 이곳저곳을 가리키며 열심히 설명을 하는 모습을 보며 어머니는 그저 흐뭇하게 웃기만 했다.

아들에게 이런 지극정성인 모습이 있는지는 오늘 처음 알았다.

강동원 또한 어머니가 밝게 웃는 모습을 보니 기분이 좋았다. 이제야 효도를 한다고 생각을 하니 마음도 한결 편안해졌다.

"엄마, 이제 내가 다 알아서 할 테니까 엄만 편안하게 사세요."

"그래, 알았어. 우리 아들이 다 컸네, 다 컸어."

어머니는 다시 강동원의 엉덩이를 토닥토닥거렸다. 그 모습이 어찌나 정겨워 보이던지 박동휘는 자신도 모르게 눈시울을 붉혀야 했다.

4

다음 날 오후.

박동휘가 어머니와 함께 프랜차이즈 계약 문제를 마무리 짓는 동안 강동원은 자신의 모교인 해명 고등학교를 찾았다.

학교 안으로 들어가자 학교 트로피며 상장들이 빼곡히 진열된 장이 들어왔다.

그리고 그 옆으로 학교를 졸업한 졸업생들 사진이 쭉 나열되어 있었다.

강동원은 옛 추억을 살려가며 트로피와 사진들을 천천히

살폈다.

그러다 마지막 사진 속에 자신이 있는 것을 발견했다.

고작 일 년이 지났을 뿐인데 사진 속 자신은 정말 어려 보였다.

"훗! 피부 하얗던 거 좀 봐."

강동원은 과거 사진을 보다 저도 모르게 웃음이 나왔다.

사진 속 강동원도 검게 그을려 있었지만 감히 지금과는 비교할 수 없을 정도였다.

그렇다 보니 상대적으로 하얗다는 느낌마저 들었다.

그때였다.

"마! 강동원이!"

저 멀리 복도에서 익숙한 목소리가 들려왔다.

강동원이 고개를 돌렸다. 복도 끝에 박영태 감독이 서 있었다.

"감독님!"

강동원이 냉큼 박영태 감독에게 달려갔다.

"오야, 어서 오니라."

박영태 감독이 강동원의 손을 덥석 잡았다. 그러고는 친손자를 반기듯 강동원의 어깨를 두드렸다.

"들어가자."

"네."

강동원은 감독실로 들어가 자리에 앉았다.

"뭐, 차라도 줄까?"

"아뇨, 괜찮습니다."

"그래."

박영태 감독이 맞은편에 앉았다.

"네가 나오는 경기는 다 봤다. 커브가 한층 더 날카로워졌더라."

누가 야구인 아니랄까 봐 박영태 감독은 시작부터 야구 이야기를 꺼냈다.

"아, 네. 마이너리그에서 많이 다듬었습니다."

"그래? 고생했다. 그보다 포스트시즌까지 합류한 걸 보니 내년에는 곧바로 메이저리그에서 뛸 거 같던데?"

"그건 아직 잘 몰라요. 확정된 것도 아니고요. 더욱더 열심히 해야죠."

"그래, 넌 잘할 거야."

"네에."

두 사람 사이에 잠깐의 침묵이 흘렀다. 그러다가 강동원이 품에서 하얀색 봉투를 꺼내었다.

"감독님, 이거."

"이게 뭐냐?"

"얼마 되지 않아요. 야구 용품 좀 들고 올까 하다가 아직

협찬을 못 받아서요."

강동원이 멋쩍게 웃으며 말했다.

"뭘 이런 걸 다."

박영태 감독은 사양하지 않고 봉투를 받았다. 식성 좋은 고등학생들 지도하다 보면 훈련비는 늘 부족할 수밖에 없었다.

봉투 안에는 5만 원짜리 지폐가 100장이나 담겨 있었다.

"뭘 이렇게 많이……."

박영태 감독이 놀란 눈으로 강동원을 바라봤다. 기껏해야 기백만 원 생각했는데 500만 원은 너무 컸다.

하지만 강동원은 그마저도 적다고 여겼다.

"다음에 연봉 많이 오르면 더 많이 후원하겠습니다."

"그래, 고맙다. 허튼 데 안 쓰고 아들 위해서 쓰마."

"그렇게 말씀해 주시니 제가 다 민망하네요."

"하하, 녀석도 참. 그건 그렇고 아들 좀 보고 갈래?"

"후배들이요?"

"그래, 너 올지도 모른다고 아들이 들떠 있더라."

"그렇다면 봐야죠."

강동원은 박영태 감독을 따라 부원실로 향했다.

"와아아아아아-! 선배님!"

"강동원 선배님 오셨다!"

후배들이 너 나 할 것 없이 강동원을 에워쌌다.

"짜식들, 메이저리거 첨 보나?"

박영태 감독은 그 모습을 흐뭇하게 지켜봤다. 그러고는 슬그머니 자리를 피해주었다. 그렇게 야구부실에는 강동원과 후배들만이 남았다.

"선배님, 정말 멋졌어요!"

"하모요. 지도 선배님께서 던지시는 거 다 봤십니더."

"와, 윽수로 죽이데예. 어떻게 하믄 그리 던집니까. 좀 알려주이소."

"맞다. 이참에 지도 좀 부탁드립니더."

"야야, 한 사람씩 천천히 말해! 잠깐 시간이 되니까. 한두 시간 정도 지도는 해줄 수 있어."

"와아아아아—! 대박!"

"선배님, 최곱니더!"

"그전에 선배님!"

한 후배가 손을 들었다.

"응, 말해."

"궁금한 것이 있는데예. 메디슨 범가드너 그 사람 어떻습니꺼?"

"아, 메디슨? 범가드너는 진정한 에이스지! 팀이 필요할 때 등판해서 확실하게 승리를 안겨주는 것! 그것만큼 확실한 것이 또 있을까?"

"마 들었나? 메디슨이라신다. 선배님, 메디슨 범가드너하고 엄청 친한 사이입니꺼?"

"한 팀에 있으니까. 그냥 경기 중에 잡담 주고받는 정도? 하하."

강동원이 대수롭지 않게 말했다. 하지만 그것만으로도 후배들은 감탄을 터뜨렸다.

"선배님! 메이저리그는 어떤 곳입니꺼?"

"세계에서 최고의 실력자들이 모인 곳이야. 뭔 말이 더 필요하겠어."

"그라믄예, 지도 잘하면 갈 수 있는 겁니까?"

"당연하지!"

강동원의 확답에 선수들이 하나같이 눈을 반짝거렸다. 말은 하지 않았지만 다들 메이저리그를 꿈꾸는 모양이었다.

"자자! 이럴 게 아니라 아까 내 커브 보고 싶다고 했지? 다들 따라 나와. 직접 보여줄 테니까."

"와, 비끼바라!"

"내도 배울 끼다!"

"니는 투수 아니잖아."

"이참에 함 해볼라꼬!"

"니, 미친나!"

"싸우지 말고, 어서 빨리 운동장으로."

강동원의 한마디에 후배들은 일제히 운동장으로 나갔다. 그들은 메이저리그 선수에게 직접 지도를 받는 다는 사실에 흥분을 감추지 못했다.

"공을 던질 때는……."

강동원은 투수들을 중심으로 자신의 노하우를 빠짐없이 전했다. 그렇게 두 시간쯤 지났을까?

"강동원 선수!"

저만치서 누군가의 목소리가 들렸다.

고개를 돌려 바라보니 김상식 기자가 후배 기자와 함께 강동원과 후배들을 열심히 찍고 있었다.

"김 기자님!"

강동원이 손을 흔들었다.

"여기 있다는 이야기 듣고 와봤는데 인기 좋네? 어때? 오랜만에 후배들하고 땀 섞으니까 기분 좋아?"

"네, 무척이나 새롭네요."

"그런데 언제쯤 끝나나?"

"이제 마무리하고 있습니다."

"그럼 우리 인터뷰 좀 해볼까?"

"그럴까요?"

강동원이 고개를 끄덕였다. 그러고는 후배들에게 인사를

건넨 뒤 김상식 기자에게 다가왔다.

김상식 기자는 품에서 스마트폰을 꺼내 앞에 내려놓았다. 후배 기자도 강동원의 멋진 모습을 찍기 위해 이리저리 카메라를 돌렸다.

그렇게 준비가 끝나자 김상식 기자가 질문을 시작했다.

"개인적으로 올해 가장 아쉬웠던 점은 뭐야?"

"개인적으로 아쉬웠던 점은 없었어요. 그냥 모든 것이 좋았고, 행복했습니다. 다만 팀이 챔피언 결정전에 나가지 못한 것은 좀 아쉬웠지만요."

"가장 기억에 남는 경기는 언제였나?"

"메이저리그 데뷔전이요."

"선발로 데뷔했을 때 말고?"

"선발 때도 기억에 남지만 아무래도 메이저리그에서 첫 공을 던진 순간이 잊히지가 않아요."

"마이너리그에서 생활을 하다가 올라왔잖아. 그때의 기분은 어땠어?"

"기분이야 이루 말할 수 없을 만큼 좋았죠. 물론 처음에는 좀 어리둥절했어요. 내가? 메이저리그에? 몰래 카메라인가? 별생각이 다 들었으니까요. 하하하!"

"그래도 잘 던져서 정말 다행이다."

"그렇게 봐 주시면 감사하고요."

"다음 시즌은 어떻게 준비할 생각이야?"

"귀국한 지 얼마 되지 않아 지금은 일단 좀 휴식을 취하고 싶어요. 그리고 서서히 몸을 끌어올릴 계획입니다."

"특별히 구종을 늘리거나 할 생각은 없어?"

"네, 지금은 새 구종을 익히기보다는 커브를 조금 더 가다듬는 게 최선인 것 같아요."

"커브는 지금도 좋던데 뭘."

"그래도요. 아무도 못 치는 커브를 던져 볼 생각입니다."

"좋은 생각이야. 참 비스트 포지와의 호흡은 어때?"

"비스트 포지야 현존하는 최고의 포수 중 한 명이잖아요. 정말 대단해요. 투수 리드도 좋고 수비 능력도 좋고. 게다가 타격 실력도 좋고요. 위기 때마다 흔들리지 말라고 다독거려 주는 것도 좋고요."

"너무 극찬인데?"

"솔직히 전 비스트 포지 사인만 보고 던졌거든요. 그래서 좋은 결과를 얻었으니까 칭찬할 수밖에 없죠."

"그래, 좋아. 앞으로 메이저리그에 진출할 후배들에게 조언을 한다면?"

"저도 이제 갓 올라온 루키인데요. 그저 메이저리그에 올 정도의 기량을 갖추고 있다면 의심하지 말고 도전했으면 좋겠습니다. 개인적인 바람은 한국 출신 메이저리그 선수가 더 많이 나왔으면 좋겠습니다."

"체력적인 문제는 없는 거지?"

"솔직히 풀타임으로 뛰지도 않았고, 9월에 로스터에 합류를 했으니까요. 내년에 풀타임으로 뛰어보고 말씀드려야 할 것 같습니다."

"하하. 생각해 보니 그렇네. 그럼 마지막으로. 내년 시즌 목표를 말해줘."

"내년 목표는 당연히 풀타임이죠. 비시즌에 준비를 잘해서 꼭 풀타임으로 뛸 수 있도록 하겠습니다."

"당연히 선발인거지?"

"그럼요. 그러니까 앞으로도 많은 응원 부탁드리겠습니다."

그렇게 짧은 인터뷰는 끝이 났다.

김상식 기자가 녹음 되는 것을 멈춘 후 주머니에 넣었다.

"고맙다, 이렇게 항상 인터뷰를 해줘서."

"김 기자님은 항상 잘 써주시잖아요."

"하하하, 그렇게 생각을 해주니 정말 고맙네. 어쨌든 내년에는 꼭 잘되길 응원하마!"

"하하하, 네 알겠습니다."

강동원이 웃으며 말을 했다. 그러다가 문득 생각이 났는지 김상식 기자에게 물었다.

"참, 김 기자님."

"응?"

"혹시 문혁이 소식 알아요? 녀석의 소식을 모르겠네요."

"한문혁?"

"네에."

"아……!"

김상식 기자의 표정이 씁쓸하게 변했다.

"한문혁 선수는 자이언츠에 도전을 했다가 떨어졌어. 정확하게 말하자면 자이언츠가 좀 장난을 친 거지. 그래서 결국 다이노스로 가서 신고 선수를 하고 있는 것 같은데."

"다이노스요?"

"으응."

"그렇구나……."

강동원의 표정에 많은 아쉬움이 묻어났다.

미국으로 떠나기 전 자이언츠에 다시 한번 도전해 보겠다고 했었는데 잘 안 풀린 모양이었다.

"자식, 그래도 소식은 좀 전해 주지."

"전화를 해보지 그래?"

"그래봐야겠어요."

강동원이 서둘러 전화를 해보았다.

잠시 후 통화 대기음이 울렸다. 하지만 한문혁은 끝내 전화를 받지 않았다.

"안 받는데요. 문혁이 지금 한국에 없어요?"

"아닐걸? 아마 창원에서 마무리 훈련 중일 건데."

"그래요?"

강동원은 잠시 생각을 하더니 이내 어딘가로 전화를 넣었다.

"동휘 형, 지금 어디에요?"

–지금 어머니 댁에 모셔다 드리고 너 데리러 가려던 참이었어.

"잘됐네. 빨리 와요. 어디 갈 데가 있어요."

–어디?

"일단 와서 얘기해요."

–알았어. 20분만 기다려.

"네!"

강동원은 그렇게 전화를 끊고 김상식 기자를 보았다.

"김 기자님 어쨌든 기사 잘 부탁드립니다."

"그래, 알았어. 지금 바로 한문혁 선수 만나러 갈 거야?"

"네, 한 번 가 보려고요. 그래도 한때는 내 마누라였는데. 어떻게 지내는지는 봐야죠."

"알았다. 수고해."

"네, 김 기자님도요."

김상식 기자와 헤어졌을 때 박동휘가 도착을 했다. 강동원은 재빨리 차에 올라탔다.

"형, 창원으로 가요!"

"창원?"

"네, 어서요!"

"아, 알았어."

박동휘는 영문도 모른 채 차를 창원으로 돌렸다.

# 27장
# 다이노스에서 생긴 일

## 1

“그런데 갑자기 창원에는 왜 가는 거야?”

차가 고속도로에 들어서자 박동휘가 조용히 물었다.

“친구 만나려고요. 오래된 친구.”

“오래된 친구? 아, 한…… 뭐였더라, 아무튼 그 친구?”

“네. 한문혁이에요.”

“그래, 맞다. 한문혁, 네 단짝 친구. 하도 입이 닳도록 얘기해서 기억하고 있어. 근데 그 친구는 왜? 무슨 일 있어?”

“아뇨. 그냥요. 보고 싶어서요.”

“다른 이유가 있는 건 아니고?”

"친구가 친구 만나러 가는데 무슨 이유가 있겠어요."

강동원의 말끝에 감긴 씁쓸함이 느껴졌을까. 박동휘는 더 이상 물어보지 않았다.

강동원도 창밖을 바라보며 입을 다물었다. 그렇게 차 안에는 어색한 침묵이 흘렀다.

약 1시간 30분을 달린 끝에 두 사람을 태운 차가 다이노스 구장에 도착을 했다.

주차를 하고 차에서 내리려는데 박동휘가 강동원의 팔을 붙잡았다.

"잠시만 기다려. 지금 시즌이 끝나서 선수들이 없을지도 모르니까. 내가 한번 가서 알아보고 올게."

"알았어요, 형."

강동원은 차 안에서 조용히 구장을 바라보았다.

만약 메이저리그에 진출하지 않고 다이노스의 2차 1라운드 지명을 받아들였다면 아마 다이노스 구장에서 프로 생활을 시작했을지 몰랐다.

구장 밖에는 선수들의 플래카드가 바람에 펄럭거렸다. 조금 낯선 선수들도 있었지만 대부분이 익숙한 얼굴이었다.

"그런데 에릭 타임즈는 메이저리그에 갔다고 뺐나?"

다이노스의 주전 선수의 플래카드가 대다수 걸려 있었지만 팀의 4번 타자로 맹활약한 에릭 타임즈의 것은 보이지 않았다.

얼마 전에 브루어스와 계약을 할지도 모른다는 소문이 나돌아서인지 에릭 타임즈의 플래카드를 일찌감치 치워 버린 모양이었다.

"나도 다이노스에서 뛰었다면 저 속에 들어갈 수 있었을까?"

만약 옆에서 박동휘가 듣고 있었다면 '당연히'라고 대답했을지 몰랐다.

메이저리그에서 선발 투수로 입지를 다지고 있는 강동원이라면 가뜩이나 선발 투수가 부족한 다이노스의 구세주가 되어 있을지 몰랐다.

하지만 강동원은 이내 고개를 흔들었다.

"아니야. 우리나라는 아직 잘한다고 주전 되는 건 아니니까."

그렇게 얼마의 시간이 흘렀을까. 저만치서 박동휘가 벌게진 얼굴로 뛰어왔다.

"으으, 춥다. 추워."

박동휘는 재빨리 운전석에 올라탔다. 그리고 잠시 숨을 돌린 뒤 강동원을 바라봤다.

"선수들이 마무리 훈련 하는 건 맞는 것 같더라."

"문혁이는요? 봤어요?"

"그것까진 확인 못 했는데 관계자한테 이야기하니까 잠깐 들어오는 건 괜찮다고 하네."

"그래요?"

"어떻게 할래? 한문혁 선수 훈련 끝날 때까지 여기서 기다릴래, 아니면 들어가서 볼래?"

"아무래도 들어가서 봐야겠죠?"

"난 그냥 끝나고 만나는 게 나을 것 같은데."

박동휘가 솔직한 목소리로 말했다. 자신들의 지명을 거부하고 메이저리그로 진출한 강동원이 불쑥 찾아온다고 해서 다이노스가 웃으며 반겨줄 것 같지 않았다.

하지만 강동원도 막무가내였다.

여기까지 온 이상 한문혁이 어찌 생활하고 있는지 두 눈으로 확인하고 싶었다.

"어휴. 알았다, 알았어. 가자고."

박동휘가 졌다는 듯이 한숨을 내쉬고는 차에서 내렸다. 뒤이어 강동원도 박동휘를 따라 다이노스 구장으로 향했다.

같은 시각.

다이노스 구장 안에서는 마무리 훈련이 한창 진행 중이었다.

올 시즌 다이노스는 두산에 이어 2위로 시즌을 마쳤다. 하지만 한국 시리즈에서 1위 두산에게 4 대 0, 시리즈 스윕을 당하면서 선수단의 분위기가 썩 좋지 않은 상태였다.

"야! 센터!"

따악!

"3루!"

코치가 부지런히 펑고를 날렸다. 그때마다 각 위치에 있던 수비수들의 입에서 비명이 터져 나왔다.

그런 코치 옆에 다이노스 모자를 푹 눌러쓴 덩치 좋은 선수가 눈에 띄었다.

등 번호조차 없는 선수는 상자 안에서 야구공을 꺼내 코치에게 건네주었다.

코치는 그가 건넨 공을 방망이로 휘둘러 수비수들에게 날리고 있었다.

"자, 다음!"

코치가 손을 내밀었다. 하지만 타이밍이 조금 어긋났는지 사내가 건넨 공이 바닥으로 굴러 버렸다.

"뭐꼬!"

그러자 코치가 잔뜩 인상을 쓰며 불호령을 내렸다.

"힌문혁이, 똑바로 안 주나!"

"아, 네. 죄송합니다."

"고 쉬운 거 하나 딱딱 못 맞추고 뭐하노. 니 여기 놀러 왔나?"

"아닙니더. 죄송합니더."

"니 잘해라. 한문혁이. 계속 지켜본다."

"열심히 하겠십니더."

한문혁은 곧바로 고개를 숙였다. 그러나 또다시 건넨 공이 바닥으로 떨어져 버렸다.

이번에도 어김없이 성난 목소리가 들려왔다.

"야, 인마! 니 진짜 똑바로 안 주나."

이번엔 코치가 엉성하게 받은 느낌이 강하게 들었다. 하지만 한문혁은 아무런 대꾸도 할 수 없었다.

상대는 코치고 자신은 신고 선수였다. 코치의 눈 밖에 나기라도 한다면 신고 선수 신분조차 박탈당할 수 있었다.

"죄, 죄송합니더."

한문혁은 연신 고개를 조아렸다. 그 모습이 우스워 보였을까. 주변에 있던 선수들이 낄낄대며 웃는 소리가 들려왔다.

한문혁은 애써 신경 쓰지 않는 척 공을 던졌다.

묵묵히 공 토스를 30분 정도 더 하자 비로소 수비 훈련이 모두 끝이 났다.

"후우……."

한문혁도 굳었던 허리를 천천히 풀었다. 남들처럼 의자에 앉아 편히 쉴 수는 없지만 이렇게라도 짬짬이 쉴 수 있다는 게 그저 행복하기만 했다.

그때였다.

"마!"

저만치서 퉁명스러운 목소리가 들려왔다.

한문혁이 고개를 들었다. 그곳에는 이번에 FA로 다이노스에 입단한 방성민이 서 있었다.

한문혁은 재빨리 방성민에게 다가갔다.

"선배님, 부르셨습니꺼."

"나, 훈련 끝났거든."

"네."

"저기 외야 가서 공 좀 줏어 온나."

"네, 알겠습니다."

한문혁은 두말 않고 외야로 뛰어갔다. 수백 개의 야구공이 외야에 흩어져 있었다.

한문혁은 허리를 굽혀가며 공들을 일일이 상자에 담았다. 다른 스태프들도 공을 줍긴 했지만 한문혁처럼 부지런히 움직이진 않았다.

어쩌면 당연한 일. 한문혁은 다이노스에 신고 선수로 들어온 데다가 막내였다. 그렇다 보니 시키면 시키는 대로 해야만 했다.

하지만 답답한 것은 어쩔 수 없었다.

"하아, 내가 이러려고 들어온 것은 아닌데."

한문혁이 공을 주우며 신세 한탄을 하였다. 그래도 신고 선수로나마 프로에 들어왔을 땐 불펜에서 투수들의 공이라도 받을 수 있을 것이라 생각했다. 그러나 그것은 한문혁의 큰 착각이었다.

이곳은 대한민국이었다. 프로에 왔다고 해도 선후배 위계질서가 확실했다.

게다가 1군과 2군에 대한 의식도 달랐다. 한문혁이 지명을 받고 들어왔다면 이야기가 조금 다르겠지만 지명조차 받지 못해 신고 선수로 입단한 이상 밑바닥 생활은 필수였다.

이렇듯 훈련할 동안 잔심부름을 하고 나면 나머지 시간이 바로 자신의 훈련 시간이었다.

한문혁은 이 시간이 빨리 끝나길 바랐다. 2군에서 선발 출전 기회를 잡으려면 남들보다 더 열심히 훈련해야 하는데 매번 선배들의 뒤치다꺼리나 하고 있으니 답답함을 참을 길이 없었다.

'참자, 참다 보면 기회는 반드시 와.'

치미는 울분을 되삼키며 한문혁은 부지런히 공을 주웠다. 그 모습을 강동원은 울컥하는 얼굴로 지켜보고 있었다.

솔직히 코치와 선배에게 꾸지람을 들을 때에 당장에라도 나가 도움을 주고 싶었지만 그러지 못했다.

"참아. 네가 나가서 뭘 어쩌려고?"

박동휘가 강동원을 붙잡은 것이다.

"네가 조금이라도 나서면 입장이 곤란해지는 쪽은 저 친구야. 넌 여기 안 오면 그만이지만 한문혁은 계속 여기서 야구를 해야 하잖아. 그러니 그냥 지켜봐! 그게 친구야."

박동휘의 따끔한 충고에 강동원은 쉽게 나서지 못했다. 솔직히 틀린 말은 아니었다.

강동원은 시즌이 시작되면 다시 미국으로 돌아가게 된다. 반면 한문혁은 여기에 계속 남아 있어야 했다.

"어떻게 해야 해요? 그냥 이대로 지켜보라구요?"

"그래야지. 그리고 저 친구도 자존심이라는 게 있을 거 아냐. 그러니까 나중에 인사를 해. 나중에."

박동휘가 강동원의 어깨를 가볍게 두드려 주었다. 그때 박동휘의 핸드폰이 울렸다.

"동원아, 잠깐만."

박동휘는 통화 버튼을 누른 후 뒤쪽으로 멀어졌다. 자연스럽게 강동원의 시선이 한문혁에게 돌아갔다.

동기들 중에서 가장 잘되길 빌었던 친구였다. 국내에 남았다면 어떻게든 함께 호흡을 맞추고 싶었던 친구였다.

그런데 저렇듯 고생하는 모습을 보고 있자니 마음이 짠했다.

그냥 이대로 발길을 돌릴까도 생각을 해보았다. 하지만 지금 보지 못하면 또다시 1년 동안 못 볼 것만 같았다.

한편으로는 이 고생을 하면서도 야구를 포기하지 않고 있는 모습이 고맙기만 했다.

"문혁아, 이겨내. 이겨낼 수 있어. 넌 성실하니까 분명 곧 주전이 될 거야. 그때까지만 참자."

강동원이 혼잣말처럼 중얼거렸다. 마이너리그 시절 스스로를 달랬던 기도다. 그 기도가 한문혁에게도 통하길 바랐다.

2

약 1시간이 지나서야 한문혁은 공을 다 주울 수 있었다.

"읏차!"

한문혁은 공이 가득 쌓인 상자를 다시 배팅케이지 쪽으로 가지고 왔다. 그때 그 앞으로 그림자가 나타났다.

한문혁이 그 그림자를 보고 흠칫 놀라며 고개를 들었다. 코치나 선배가 자신에게 한소리 하기 위해 온 것이라고 생각했다.

하지만 한문혁을 바라보고 있던 건 그토록 보고 싶었던 메이저리거 친구였다.

"야, 한문혁! 잘 있었냐."

"어?"

한문혁이 깜짝 놀랐다.

"너……."

"인마, 나야. 강동원!"

"동원아!"

한문혁은 환한 얼굴로 강동원에게 다가갔다. 그리곤 남자답게 찐한 포옹을 했다.

"하하하! 자식, 이기 뭐꼬. 니 언제 왔노?"

"어제 왔어."

"그래?"

한문혁은 강동원이 자신의 눈앞에 있는 것이 믿기지 않았다. 그래서 강동원을 떨쳐 낸 후 위아래로 훑어보았다.

"이야, 미국 물 먹었더니 때깔 한번 좋네."

"좋긴 뭘 좋아. 똑같지."

"아이다. 니 완전 장난 아이네."

"근데 아직 안 끝났어?"

"나?"

"으응, 끝났으면 밥이나 먹으면서 얘기하자."

"잠시만……."

한문혁이 잠시 주위를 두리번거렸다. 그때 저 멀리 있던 코치가 한문혁을 향해 소리쳤다.

"마, 한문혁!"

"에이 씨!"

한문혁은 고개를 돌려 인상을 팍 썼다. 그러다가 앞에 강동원이 있는 것을 보고 이내 미소를 지었다.

"네, 코치님!"

"니, 거서 뭐하노! 퍼뜩 이리 온나, 이거도 마저 정리해야 할 것 아이가! 아놔, 저 새끼, 또 농땡이 부리노."

"알겠습니다. 곧 가겠습니다, 코치님!"

한문혁은 큰 소리로 대답한 후 미안한 얼굴로 강동원을 바라보았다.

"내 꼬라지가 이렇다. 쪼매만 기다려 줄래?"

"그래, 알았어. 어서 끝내고 와."

"알았다! 니 딱 기다리래이. 어데 가믄 안 된다. 알았제?"

"알았어. 어서 갔다 와."

뒷정리를 하면서도 한문혁은 몇 번이고 강동원을 바라봤다. 그때마다 강동원이 웃으면서 고개를 끄덕였다.

코치에게 굽실거리는 한문혁의 모습에 마음이 울컥했지만 강동원은 끝내 내색하지 않았다. 자신이 감정을 드러내면 한문혁도 더욱 심란할 거라 여기며 참고 또 참았다.

그렇게 한참 동안 한문혁을 바라보고 있을 때 강동원의 옆으로 선글라스를 낀 사내가 나타났다.

놀랍게도 사내는 다름 아닌 다이노스 감독 김영문이었다. 운동장을 쑥 둘러보다가 낯선 외부 손님을 발견하고는 찾아온 모양이다.

"혹시 자이언츠 강동원 선수 아닌가?"

김영문 감독이 먼저 아는 체를 했다.

"아, 네. 안녕하세요, 감독님. 강동원입니다."

강동원이 곧바로 허리를 굽히며 인사를 했다.

"혹시나 했는데, 정말로 강동원 선수였네. 반가워요. 김영문입니다."

"제가 먼저 찾아뵙고 인사드렸어야 했는데 죄송합니다, 감독님."

"그렇지 않아도 강동원 선수가 안 와서 내가 먼저 왔어요. 하하."

"죄송합니다. 제가 다른 데 정신이 팔려 있어서……. 그리고 편하게 말씀하셔도 괜찮습니다."

"하하. 그럼 그럴까?"

김영문 감독이 씩 웃었다. 그러고는 기다렸다는 듯이 옛일을 꺼냈다.

"그런데 다이노스에서 1라운드 지명을 받고 그렇게 훌쩍 가 버리는 게 어딨어?"

"아, 죄송합니다. 감독님. 실은 지명 전에 에이전트하고 계약을 해서요."

"그럼 나한테 귀띔이라도 해주지. 메이저리그 간 선수 잡아달라고 했다가 내 입장이 얼마나 난처해졌는지 아냐."

김영문 감독이 앓는 소리를 냈다. 농담이 아니라 그 일로 구단 내부적으로 이런저런 말이 나돌 정도였다.

"제가 그 생각까진 못했네요."

강동원이 뒷머리를 긁적거렸다. 김영문 감독의 말이 억지스럽긴 했지만 자신 때문에 난처했을 김영문 감독을 생각하니 괜히 미안한 마음이 들었다.

하지만 김영문 감독도 그렇게까지 뒤끝 있는 사람은 아니었다.

"참, 그런데 무슨 일로 온 거야? 날 보러 왔을 리는 없을 테고."

"아, 그게 친구가 여기 있어서요."

"친구? 동기? 그럼 작년에 들어 온 녀석일 텐데."

"네, 저기 저 녀석이요."

강동원이 열심히 장비를 정리하고 있는 한문혁을 가리켰다. 김영문 감독의 시선도 한문혁에게 향했다.

"아, 한문혁이?"

다행히도 김영문 감독은 한문혁의 이름을 기억하고 있었다. 신고 선수 중에서는 그래도 부지런한 편이었기 때문이다.

게다가 한문혁 역시 김영문 감독처럼 강동원 덕분에 고단해진 케이스였다.

다이노스에서는 지명을 받지 못 한 한문혁에게 강동원을 데려오라는 조건으로 지명자에 준하는 계약을 제안했다.

하지만 한문혁은 끝내 강동원을 데려오지 못했다. 덕분에 신고 선수가 되어 온갖 궂은일은 도맡아하고 있었다.

"고등학교 때는 어땠어?"

"……네?"

"한문혁이 말야. 메이저리거가 봤을 때 어땠냐고."

"수비는 정말 잘합니다. 솔직히 국내에서 제 커브를 제대로 받아준 건 문혁이하고 상현이뿐이었으니까요."

"상현이? 지금 트윈스 가 있는 박상현이?"

"네, 저하고 같이 청소년 대표 팀 했었거든요."

"흠……. 문혁이가 그 정도란 말이지?"

김영문 감독이 의외라는 눈으로 한문혁을 바라봤다.

트윈스에 입단한 박상현은 벌써부터 트윈스의 차기 안방마님으로 불리고 있었다.

신인인데도 불구하고 삭년에 30경기 이상 선발 출장하며 평가가 틀리지 않았음을 어느 정도 입증해 낸 상태였다.

그러자 강동원이 냉큼 말을 덧붙였다.

"아, 그런데 타격은 솔직히 형편없어요."

"박상현이도 타격에 재능이 있는 편은 아닌데 뭘."

"그 박상현이보다 더 못 칩니다."

"흠……. 그건 좀 문제 있는데."

살짝 기대했던 김영문 감독의 눈동자가 차갑게 식었다.

박상현도 타자로서의 재능이 뛰어난 편은 아닌데 그보다 타격 실력이 형편없다면 기껏해야 백업 포수밖에 할 수 없었다.

하지만 강동원은 한문혁이 다이노스의 주전 포수가 되어 주길 기대하고 있었다.

"그래도 감독님 밑에서 잘 배우면 분명 좋아질 거라 생각합니다."

"하하. 날 너무 띄워주는데?"

"감독님은 우리나라 최고의 육성 전문가시잖아요. 게다가 포수도 하셨고요. 실력은 좀 부족할지 몰라도 정말 열심히 하는 친구입니다. 그러니 잘 좀 부탁드리겠습니다."

강동원이 한문혁의 부모라도 되는 것처럼 김영문 감독에게 고개를 숙였다.

"허허, 그래. 알았다. 잘 챙겨 보마."

김영문 감독도 이내 고개를 주억거렸다.

"그건 그렇고 메이저리그는 어때? 할 만해?"

"네, 할 만합니다."

"역시, 젊어서 좋구먼. 할 만하다니."

"하하, 마이너리그에서 짧게나마 고생을 했더니 메이저리그는 그냥 천국 같습니다."

"하긴, 그럴 수도 있겠네. 그래도 항상 긴장하고, 체력 훈련 열심히 하고. 보아하니 이번에 선발 기회를 보장받을 수 있을 것 같은데 시즌 막판에 퍼지면 안 되잖아."

"네, 명심하겠습니다."

"그리고 커브를 너무 맹신하지 마. 네 커브에 문제가 있는 건 아니지만 발전이 없으면 안 돼. 내 말 무슨 소리인지 알지?"

"네, 감독님."

김영문 감독은 그 외에도 몇 가지 더 조언을 해주었다. 강동원은 기꺼운 마음으로 경청했다.

그러던 중 김영문 감독의 표정이 순간 굳어졌다. 저만치 불청객이 나타났기 때문이다.

"저 양반이 여긴 왜……."

김영문 감독의 중얼거림에 강동원의 시선도 그쪽으로 향했다.

그곳에는 선글라스를 낀 중년의 남성이 뒷짐을 진 채로 서 있었다.

겉으로 봐서는 누구인지 알아볼 수가 없었다. 하지만 최소 구단 고위 관계자 정도는 되는 듯 고압적인 태도를 보였다.

"쯧, 전화도 없이 또 왜 왔지?"

김영문 감독은 영 못마땅한 표정으로 중얼거렸다.

"누구…… 신데요?"

강동원이 조심스럽게 물었다.

"최명식 국가 대표 감독."

"최명식 감독님요?"

"그래."

강동원의 시선이 다시 사내에게 향했다.

그 역시도 최명식 감독을 알고 있었다. 최명식 감독은 국내 야구계의 유명 인사였다.

워낙에 보수적이고, 자기 잘난 맛에 사는 감독이라 조금이라도 밉보인 사람은 야구 인생을 밑바닥까지 떨어뜨리는 무서운 사람이었다.

"어이, 김영문이. 오랜만이야. 아니지, 다른 사람들이 있으니까 김 감독이라 불러야 되나?"

김영문 감독을 발견한 듯 최명식 감독이 손을 흔들어 다가왔다. 그러자 김영문 감독의 얼굴 근육이 한 번 씰룩거리더니 곧바로 환한 미소로 바뀌었다.

"아이고, 선배님. 안녕하십니까."

김영문 감독이 모자를 벗으며 인사를 했다. 그 최명식 감독이 그 앞으로 왔다.

"그래그래, 김 감독은 어떻게, 잘 지냈나?"

"아무렴요! 선배님 덕분에 잘 지내고 있었습니다."

"그래? 내 덕분에?"

"네, 선배님. 다 선배님의 훌륭한 가르침 덕분 아니겠습니까?"

"껄껄껄. 김 감독, 그새 아부가 많이 늘었어."

김영문 감독의 깍듯한 선배 대접에 최명식 감독이 만족스러운 듯 고개를 주억거렸다.

그러다가 강동원을 발견하고 위아래로 훑었다.

"그나저나 자넨 누군가? 내가 얘기 중에 방해한 건가?"

최명식 감독의 시선이 날아들자 강동원이 허리를 90도로 꺾어 인사했다.

"안녕하십니까, 저는 자이언츠에 강동원이라고 합니다."

"자이언츠? 자네 부산인가? 그렇다면 내가 모를 리가 없을 텐데……."

최명식 감독은 강동원을 바로 알아보지 못했다. 그러자 옆에 있던 김영문 감독이 조심스럽게 한마디 덧붙였다.

"선배님, 부산이 아니라 미국에 있는 자이언츠입니다."

"미국? 메이저리그?"

"네. 올해 데뷔한 강동원 선수입니다."

"음, 그래. 어디서 많이 봤다 했어."

최명식 감독이 알 것 같다며 고개를 주억거렸다. 그러더니 순간 매서운 눈으로 강동원을 바라봤다.

"그러니까…… 네 녀석이 강동원이라 이거지?"

최명식 감독은 마치 외나무다리에서 원수를 만나기라도 한 것처럼 강동원을 노려보았다. 하지만 정작 강동원은 최명식 감독의 노골적인 적개심이 이해가 가지 않았다.

"그런데 미국에 있어야 할 놈이 여기 왜 있는 거야?"

"아, 그게 잠시 국내에 들어왔습니다."

"허, 그래 놓고 나한테 인사도 안 왔다 이거지?"

"아, 그게……."

"됐어. 나도 너처럼 예의라고는 모르는 놈들은 필요 없으니까. 그건 그렇고 내 질문에 아직 대답 안 했는데? 네가 왜 여기에 있는 거냐고."

"아, 네. 동기를 만나러 왔습니다."

"뭐? 동기?"

"네."

"허, 팔자 좋군. 메이저리거라 이거냐?"

최명식 감독이 못마땅한 듯 쏘아댔다. 그때마다 강동원도 울컥울컥 감정이 치밀어 올랐지만 상대가 야구계의 원로 격인 최명식 감독이라 참고 또 참아냈다.

하지만 강동원의 그런 감정들이 최명식 감독의 눈에는 훤히 보였다.

'괘씸한 놈! 감히 내가 누군 줄 알고!'

최명식 감독이 속으로 열을 올렸다. 대선배를 보고도 굽신거리지 않는 것도 마음에 들지 않았지만 최명식 감독이 강동원을 별로 좋지 않은 시선으로 보는 이유는 바로 언론에 대대적으로 나온 강동원의 기사 때문이었다.

지난해 겨울 협회는 최명식 감독을 WBC(월드 베이스볼 클래식)의 감독으로 선출했다.

세계 청소년 야구 선수권 대회를 우승으로 이끈 김운식 감독이 유력 후보로 검토되었지만 본인이 나이를 이유로 고사하면서 최명식 감독에게 기회가 찾아왔다.

최명식 감독은 김운식 감독의 대타라는 소리를 듣지 않기 위해 협회에 대표 팀 운영의 전권을 요구했다.

협회도 최명식 감독의 요구는 최대한 수용하겠다며 최명식호를 지원했다. 최명식 감독이 대표 팀 감독이 되자 해외 진출을 노리는 선수들이 앞다투어 인사를 왔다.

최명식 감독이 실력보다 선후배 간의 관계를 더 중요시한다는 걸 야구계에 모르는 사람이 없었다.

최명식 감독도 실제 인사를 온 선수들을 중심으로 대표 팀을 구상하고 있었다. 그런데 자꾸만 언론에서 강동원이라는 이름이 거론되었다.

사실 최명식 감독은 강동원을 거들떠보지도 않고 있었다. 한데 언론이며 기자들까지 선발 투수로 강동원을 뽑아야 한다며 설레발을 치고 있었다.

게다가 강동원은 세계 청소년 야구 선수권 대회를 통해 스타덤에 올랐다. 그리고 그 세계 청소년 야구 선수권 대회의 지휘봉을 잡은 게 하필 김운식 감독이었다.

당연하게도 최명식 감독은 강동원을 뽑지 않겠다고 마음을 정한 상태였다. 혹시라도 강동원이 자신을 찾아온다고 해도 받아주지 않을 생각이었다.

그런데 선수 확인 차 들른 창원에서 강동원과 마주쳤으니 속이 부글부글 끓어오르는 것도 무리는 아니었다.

'보기엔 비실비실한데, 대체 이놈이 뭐라고 이리들 난리야?'

최명식 감독이 다시 한번 위아래로 강동원을 훑어보았다. 언론들은 대단한 선수처럼 묘사했지만 최명식 감독의 눈에는 그저 평범해 보였다. 제2의 최동원이니 어쩌니 떠들어대는 게 다 허무맹랑하게 느껴질 정도였다.

물론 한편으로는 강동원의 실력을 직접 확인해 보고 싶은 욕심도 없지 않았다.

실제로 최명식 감독은 강동원이 언론에 처음 이름이 오르내리던 시점에 협회 직원을 통해 두어 차례, 강동원의 에이전트에게 전화를 넣기도 했다.

그러나 그때마다 들려오는 대답은 일정상 강동원을 만나기 어렵다는 것이었다.

이후 강동원이 귀국했다는 소식을 접한 최명식 감독은 강동원이 당연히 자신에게 찾아올 거라 생각했다.

하지만 강동원에게서는 아무런 연락도 오지 않았다. 그렇다 보니 최명식은 강동원이 더욱 꼴 보기 싫었다.

'오냐, 요 녀석! 네 녀석이 그리 잘났냐? 그래, 어디 네놈 실력 좀 보자!'

최명식 감독은 순간 강동원을 깔아뭉개고 싶다는 생각이 들었다. 딱 봐도 비시즌이랍시고 체력 훈련조차 제대로 안 한 느낌이었다.

"아직 다이노스 애들 안 갔지?"

최명식 감독이 김영문 감독에게 고개를 돌렸다.

"네, 아마 다들 웨이트 트레이닝 하고 있을 겁니다."

김영문 감독이 고개를 끄덕였다. 그러자 최명식 감독이 잘됐다며 고개를 끄덕였다.

"그럼, 쓸 만한 애들 몇 명 운동장으로 불러오게."

"지금 당장 말입니까?"

"그래, 기왕이면 대표 팀에 뽑힐 만한 선수들 좀 불러 오라고. 그래도 내가 명색이 대표 팀 감독인데 선수들 실력은 봐야 할 거 아냐. 안 그래?"

최명식 감독이 김영문 감독을 째려보았다. 그러자 김영문 감독이 마지못해 고개를 주억거렸다.

"네, 알겠습니다."

김영문 감독은 코치를 불러 얘기를 했다. 코치가 보란 듯이 미간을 찌푸렸지만 최명식 감독과 눈이 마주치자 언제 그랬냐는 듯 더그아웃 안쪽으로 뛰어들어 갔다.

최명식 감독은 그 뒷모습을 보며 음흉하게 미소 지었다. 그러고는 다시금 강동원을 흘깃 쳐다보았다.

"이름이 강동원이라고 했지?"

"……네."

"자이언츠에서 뛰었다는 이야기는 들었다. 공 좀 던진다면서?"

"그 정도는 아닙니다."

"아니긴, 뉴스에서 난리도 아니던데. 어디 구경 좀 하자."

"……?"

"다이노스 타자들 상대로 공 한 번 던져 봐라."

"네? 여기에서요?"

최명식 감독이 뜻밖의 말을 꺼내자 강동원의 눈이 휘둥그레졌다.

"왜, 싫은가?"

"그게…… 제가 요새 공을 안 던져서요."

"야구 선수가 그러면 쓰나. 그러니까 이번 기회에 좀 던져 보라고. 몸도 풀고 좋잖아. 안 그래?"

최명식 감독이 일방적으로 몰아붙였다. 그래서인지 강동원도 제대로 대답을 하지 못했다.

'거절하기엔 힘들겠지.'

옆에 서 있던 김영문 감독이 쓴웃음을 지었다. 만약에 그랬다간 최명식 감독이 별의별 소문을 퍼뜨릴 수도 있다고 생각했다.

아니, 그럴 터였다. 최명식 감독은 충분히 그러고도 남을 사람이었다.

"알겠습니다. 하지만 많이는 못 던집니다."

강동원이 마지못해 한숨을 내쉬었다. 그러자 최명식 감독이 걸려들었다며 입가를 비틀어 올렸다.

"많이 던질 필요 없어. 어차피 자네, 메이저리그와 마이너리그를 오가는 처지잖아. 안 그래?"

최명식 감독의 노골적인 말에 되레 김영문 감독이 움찔했다. 하지만 정작 강동원은 신경 쓰지 않는 눈치였다.

"알겠습니다. 그럼 몸 좀 풀겠습니다."

강동원이 웃옷을 벗고 준비에 나섰다. 처음에는 가볍게 공을 던지려 했지만 최명식 감독의 말투를 보니 진지하게 임해야 할 것 같았다.

'허이고? 요놈 봐라. 어디 한 번 해보자 이거지?'

최명식 감독도 속으로 빠득 이를 갈았다. 차라리 '감독님, 잘못했습니다'라고 나서면 봐줄까 했는데 보면 볼수록 가관이었다.

그러자 옆에 서 있던 김영문 감독이 걱정스러운 표정을 지었다.

"선배님, 그래도 메이저리그 선수인데……."

"누가 메이저리그야? 재가? 꼴랑 한두 경기 잘 던진 걸로 무슨 메이저리그야? 내년에 방출될지 어떻게 알아?"

최명식 감독이 모두가 들으라는 듯 크게 소리쳤다. 그 안하무인한 모습에 김영문 감독도 눈살을 찡그렸다.

"선배님, 동원이가 듣습니다……."

"그래서 뭐? 내 목소리가 큰 걸 어쩌라고?"

"선배니임……."

"허, 김영문! 너 많이 컸다. 감독질 오래 했다고 이제 나한테 말대답까지 하는 거야?"

"무슨 그런 말씀을 하십니까. 제가 어찌……."

"그럼 까불지 말고 똑바로 해. 열 받으면 다이노스 주전들 싹 다 대표 팀에 뽑아버릴 테니까."

최명식 감독의 불호령에 김영문 감독은 입을 다물었다. 만약 정말로 다이노스 선수들이 전부 대표 팀에 차출됐다간 내년 시즌 성적을 기대하기 어려워질 터였다.

2017 WBC는 시즌 전에 시작한다. 당연히 평소보다 일찍 몸을 만들어야 하는 선수들에게 부담이 갈 수밖에 없었다.

게다가 WBC의 특성상 시즌을 대비하며 플레이를 한다는 게 불가능했다.

조국의 우승을 위해 최선을 다하다 보면 크고 작은 부상은 따라오게 마련. 최악의 경우 시즌은 시작해보지도 못하고 접게 될 가능성도 없지 않았다.

"아, 네. 죄송합니다, 감독님."

김영문 감독은 냉큼 고개를 숙였다. 더럽고 치사하더라도 최명식 감독이 WBC 대표 팀 감독에 앉아 있는 이상 그의 심기를 거스르는 건 피해야 했다.

그사이 강동원은 다이노스 구장을 두어 바퀴나 돈 상태였다. 그러자 박동휘가 헐레벌떡 뛰어왔다.

"동원아, 지금 여기서 뭐하는 거야?"

"아, 그게, 잠깐 그럴 일이 좀 있어서……."

강동원이 말을 하면서 힐끔 시선을 최명식 감독 쪽으로 가리켰다. 박동휘의 고개가 천천히 돌아갔다.

그 순간 박동휘가 놀란 토끼 눈이 되었다. 박동휘도 최명식 감독을 모를 리 없었다.

"헉! 저, 저분이 여긴 왜……."

"저도 몰라요. 아무튼 최 감독님이 저보고 공 한 번 던져보래요."

강동원의 말에 박동휘의 얼굴이 굳어졌다.

"아니지. 이런 경우는 없지!"

박동휘가 곧장 최명식 감독에게 다가서려했다.

아무리 WBC 국가 대표 팀 감독이라 하더라도 이런 식으로 선수를 테스트하는 건 옳지 않았다.

하지만 강동원은 괜찮다며 박동휘를 잡았다.

"아니에요, 됐어요."

"되긴 뭐가 돼? 지금이 시즌도 아닌데 네가 공을 왜 던져? 그러다 다치면 어쩌려고!"

"괜찮아요, 적당히 던질 거예요."

"말도 안 되는 소리 하지 마! 그리고 네 성격에 퍽이나 적당히 던지겠다!"

"전 괜찮아요. 그렇지 않아도 몸이 근질근질했는데 잘됐죠, 뭐."

"동원아!"

"형, 상대는 최명식 감독이에요. 괜히 심기 건드렸다가 구설수에 오르는 거 전 싫어요."

강동원이 신발 끈을 꽉 조이며 말했다. 강동원의 말에 박동휘가 한숨을 내쉬었다. 그 부분에 대해서는 박동휘도 할 말이 없었다.

"그리고…… 최명식 감독이 대놓고 무시했어요. 마이너리거라고."

"뭐? 저 인간이 진짜!"

"그러니까 확실히 보여주려고요. 제가 어떻게 자이언츠에 올라갔는지."

강동원이 빠득 이를 갈며 말했다. 자존심 때문에라도 최명식 감독이 보는 앞에서 자신의 실력을 증명해 보이고 싶었다.

"에효, 네가 정 그렇게 말한다면 어쩔 수 없고."

박동휘가 한숨을 푹푹 내셨다. 누구보다 강동원의 성격을 잘 알고 있다 보니 더는 말릴 생각도 들지 않았다.

"잠깐 기다려 봐. 운동복하고 운동화 가져올 테니까."

박동휘는 냉큼 차로 달려가 강동원의 개인 용품을 가져왔다.

혹시라도 이런 일이 벌어질 것을 대비해 차 안에 여분의 용품을 챙기고 다녔다.

"역시 형밖에 없어요."

강동원은 그 자리에서 옷을 갈아입었다. 잠시 팬티 바람이 됐지만 크게 신경 쓰지 않았다.

자이언츠의 유니폼을 입는다는 생각만으로도 절로 기분이 좋아졌다.

"그보다 정말 괜찮은 거지?"

"괜찮아요."

"그나저나 협회 사람들 진짜 이해가 안 되네. 왜 저런 사람을 국대 감독으로 뽑은 거야?"

박동휘는 고개를 절레절레 흔들며 이해할 수 없는 표정을 지었다. 그러다가 강동원을 보았다.

"그런데 너한테는 왜 저러는 거야?"

"왜요?"

"너 저 사람한테 뭐 잘못한 거라도 있냐?"

"아뇨, 오늘 처음 봤죠."

"그런데 왜 저래? 눈에서 레이저라도 나오겠는데."

"신경 쓰지 마요. 원래 그런 사람이에요."

강동원이 대수롭지 않게 말했다. 과거에도 최명식 감독은 온갖 말실수로 구설수가 끊이질 않았다.

그런 화려한 전력을 가진 누군가를 이해한다는 건 결코 쉬운 일이 아니었다.

"어쨌든 절대 무리하지 마."

"걱정 마요, 무리 안 해요. 그렇다고 적당히 봐줄 생각도 없어요."

준비를 마친 강동원이 자리에서 일어났다. 그러고는 천천히 마운드에 올랐다.

때마침 강동원의 공을 받기 위해 포수가 나타났다. 다이노스의 2군 포수인 조일창이었다.

조일창은 자신만만한 얼굴로 포수석으로 걸어갔다.

마운드에 방문해 강동원과 대화를 하는 게 먼저였지만 자존심 때문일까. 곧바로 마스크를 쓰고 자리에 앉았다.

강동원의 시선이 조일창에게 향했다.

'몸은 좋아 보이네.'

조일창에 대해서는 강동원도 들은 게 많았다. 부성 고등학교 출신으로 한때 부산 최대 유망주였다. 자이언츠와 다이노스가 서로 데려가려고 쟁탈전을 벌일 정도였다.

결국 다이노스에 입단한 조일창은 일찌감치 군대에 다녀왔다. 그리고 작년부터 1군 백업 포수 자리를 노리고 다른 선수들과 경쟁 중이었다.

'결국 문혁이의 경쟁자란 말인데…….'

강동원의 눈매가 살짝 굳어졌다. 그걸 느낀 것일까.

"어이, 던져 봐!"

조일창이 앉은 채로 강동원에게 휙 하고 공을 던져 주었다.

'메이저리거라곤 하지만 비시즌이니까. 받을 만하겠지.'

조일창은 곧바로 미트를 들어 올렸다. 하지만 강동원은 조일창의 리드에 끌려 다닐 생각이 전혀 없었다.

최악, 최악!

강동원은 습관처럼 마운드의 흙부터 골랐다. 메이저리그의 마운드는 딱딱한 반면 대한민국의 마운드는 조금 부드러운 편이었다. 그래서 흙을 좀 더 단단히 다졌다.

마지막으로 자신이 발을 내디딜 곳까지 꼼꼼히 확인한 뒤에야 강동원은 마운드에 올라섰다.

"가지가지 하는군."

조일창이 짜증스럽게 다시 미트를 들어 올렸다. 하지만 강동원의 준비는 아직 끝난 게 아니었다.

"후우……."

강동원은 길게 숨을 골랐다. 싸늘한 다이노스 경기장의 공기가 폐 속으로 빨려 들어왔다.

"젠장, 뭐하자는 거야?"

조일창은 그런 강동원이 맘에 들지 않았다. 공 하나 받아보지 못했는데 기 싸움에서 완전히 말린 기분이었다.

'오냐, 그래 어디 얼마나 잘 던지는지 두고 보자.'

조일창이 빠득 이를 갈았다. 하지만 강동원은 조일창의 반응에 조금도 신경 쓰지 않았다.

기본적인 준비가 다 끝난 다음에야 조일창의 미트를 바라보며 천천히 투구 동작에 들어갔다.

강동원은 크게 와인드업을 한 후 있는 힘껏 포심 패스트볼을 던졌다.

후앗!

강동원의 손끝을 빠져 나간 공이 곧장 조일창의 미트에 파묻혔다.

퍼엉!

묵직한 포구 소리가 운동장 가득 울려 퍼졌다. 주위에 있던 사람들이 그 소리를 듣고 감탄사를 흘렸다.

"오오!"

"제법이네."

"확실히 좀 빠른데?"

공을 받은 조일창도 약간 놀란 표정이었다.

"새끼, 좀 빠르네."

조일창은 미트에 들어온 공을 꺼낸 후 아무렇지 척 강동원에게 던졌다.

공을 받은 강동원은 다시 한번 자신이 내디딘 곳의 흙을 골랐다.

그사이 최명식 감독은 스피드건을 들고 있는 다이노스 코치에게 다가갔다.

"얼마야?"

"148입니다."

"에게, 148? 그거밖에 안 나와?"

최명식 감독은 그럼 그렇지 하는 얼굴로 콧방귀를 뀌었다. 하지만 코치는 약간 놀란 얼굴이었다.

몸도 제대로 풀지 않은 상태에서 148이면 엄청 빠른 구속이었다.

그것도 초구 구속이라면 말이다.

"아무래도 비시즌이니까요. 게다가 지금은 어깨가 굳어 있을 시기지 않습니까."

코치가 강동원을 두둔하듯 말했다. 그러나 최명식 감독은 귓등으로도 듣지 않았다. 오히려 더 보란 듯이 강동원을 무시했다.

"참나, 사람들이 그렇게 강동원, 강동원하더니. 별거 아니구먼."

최명식 감독은 강동원에 대한 기대감을 완전히 접어버렸다.

보나마나 이 악물고 던졌을 공이 148㎞/h면 다른 공은 보지 않아도 뻔할 것 같았다.

하지만 강동원은 최명식 감독의 반응은 신경 쓰지 않고 계속해서 포심 패스트볼을 내던졌다.

펑! 펑! 퍼엉! 펑! 펑! 퍼엉!

공이 미트에 박히는 소리가 경기장을 더욱 요란스럽게 흔들어 놓았다.

"용을 써봤자지."

최명식 감독은 대수롭지 않은 얼굴로 코치가 들고 있는 스피드건을 확인했다. 그러다 뭔가를 알아채고는 이내 이맛살을 찌푸렸다.

놀랍게도 148km/h에서 시작된 공의 스피드가 조금씩 빨라지고 있었다.

2구는 정확하게 149km/h가 찍혔다.

3구는 다시 1km/h가 올라 150km/h이 나왔다.

4구째는 151km/h.

5구가 152km/h.

그리고 6구가 153km/h.

'몸 풀기는 이 정도면 됐겠지.'

강동원은 투구를 멈추고 마운드를 골랐다. 이제는 익숙해진 자이언츠 파크의 딱딱한 마운드와는 달랐지만 그렇다고 투구를 못 할 정도로 엉망은 아니었다.

"저 새끼가!"

반면 최명식 감독은 빠득 이를 갈았다. 강동원이 보란 듯이 페이스를 끌어 올리는 게 왠지 자신을 놀리는 것처럼 느껴졌다.

"젠장, 그래 어디 나하고 해보자 이거지."

최명식 감독이 눈매를 굳혔다. 그러고는 강동원을 향해 크게 소리쳤다.

"야! 강동원이! 직구는 됐고! 커브 던져 봐. 너 주 무기가 커브잖아!"

최명식 감독의 고함에 강동원은 그저 덤덤하게 고개를 끄덕였다. 그리고 조일창을 향해 조용히 입을 열었다.

"잘 받으세요."

"시끄러! 날 뭐로 보고. 잔말 말고 던지기나 해!"

최명식 감독만큼이나 강동원이 마음에 들지 않았던 조일창이 퉁명스럽게 되받아쳤다. 강동원의 커브가 메이저리그에서 인정받는다는 걸 모르지는 않지만 그래 봐야 커브라고 여겼다.

"그렇게 자신 있으면 잘 받으시던가요."

강동원이 나직이 중얼거리며 마운드에 올라섰다. 그리고 조일창의 미트를 확인한 뒤 조심스럽게 커브 그립을 말아 쥐었다. 그리고 빠르게 투구 동작에 들어갔다.

"자, 갑니다."

후앗!

강동원의 손끝을 빠져 나간 공이 큰 포물선을 그리며 날아들었다.

그런데 그 공이 조일창의 눈에는 지나치게 높게 느껴졌다.

"이 새끼가. 한복판으로 던지라니까."

조일창이 짜증을 내며 미트를 들어 올렸다. 그런데 마지막 순간에 갑자기 공에 회전이 걸리더니 조일창이 생각했던 것 이상으로 뚝 하고 떨어져 내렸다.

"어, 어?"

당황한 조일창이 공을 잡기 위해 미트를 움직였다. 하지만 공은 미트 밑 부분을 스친 뒤 그대로 바운드가 되어 조일창의 가랑이 사이로 빠져 나가 버렸다.

"윽!"

조일창의 비명이 포수 마스크를 타고 울렸다. 그러자 최명식 감독의 불호령이 떨어졌다.

"뭐하는 거야? 왜 그걸 놓쳐?"

"죄, 죄송합니다."

"프로가 그 정도밖에 못해? 너 이름이 뭐야?"

"조일창이라고 합니다."

"넌 내가 감독으로 있을 때 국대에 뽑힐 생각 마라. 알았어?"

최명식 감독의 호통에 조일창은 미간을 찌푸렸다. 그러고는 처음으로 마운드로 올라갔다.

"야, 강동원이."

"네."

"너, 나 알아 몰라?"

"이름은 들었습니다."

"내가 선배인 줄은 알지?"

"네."

"그럼 짜샤. 네가 똑바로 던졌어야지! 선배한테 그따구로 밖에 못 던지냐? 똑바로 던져!"

조일창은 괜히 강동원에게 화풀이를 하였다. 강동원은 그저 덤덤하게 그 말을 받았다.

"마, 제대로 던져!"

조일창이 눈을 부라리며 미트를 들었다. 강동원은 말없이 가볍게 투구판을 밟았다. 그리고 커브 그립을 살짝 비틀어 변형 커브를 준비했다.

'못 받을 거다.'

후앗!

강동원의 손끝을 빠져 나간 공이 패스트볼처럼 빠르게 날아갔다.

"패, 패스트볼? 저 자식이!"

조일창은 깜짝 놀라며 미트를 든 손에 힘을 주었다. 그런데 홈 플레이트 앞에서 갑자기 공이 뚝 떨어져 내렸다. 그러고는 그대로 조일창의 가슴을 강타했다.

"커억!"

가슴 보호대를 착용하긴 했지만 명치 쪽에 묵직한 충격이 전해졌다. 조일창은 그대로 무릎을 꿇은 채 숨을 몰아쉬었다.

"하아, 하아. 저 새끼가……."

조일창이 숨을 고르고 곧바로 자리에서 일어났다. 그는 마스크를 벗으며 강동원을 향해 고래고래 고함을 질렀다.

"야, 이 새끼야! 커브를 던지라고 커브를! 누가 이딴 공을 던지라고 했노!"

조일창은 자신이 제대로 받지 못한 것을 강동원이 이상한 공을 던진 것이라 여겼다. 그러자 근처에 서 있던 박동휘가 강동원을 대신해 나섰다.

"이상한 공 아닙니다. 커브입니다."

"……?"

"그 공, 커브라고요."

"뭐라꼬요? 이게 커브라꼬요?"

"네, 강동원 선수는 본래 두 종류의 커브를 가지고 있습니다. 그리고 방금 그 두 번째 커브를 던진 것이고요."

박동휘가 애써 짜증을 삼키며 설명했다. 하지만 조일창은 믿지 못하겠다는 표정을 지었다.

방금 날아든 공은 패스트볼 궤적으로 날아오다가 갑자기 떨어졌다.

상식적으로 봤을 때 커브보다는 포크볼이나 스플리터에

가까웠다.

"거짓말이죠?"

"거짓말 아닙니다. 이미 메이저리그에서도 인정한 커브입니다."

메이저리그란 말에 조일창은 입을 다물었다. 그는 거칠게 마스크를 썼다.

"젠장! 됐어! 다시 던져 봐."

조일창은 자리에 앉으며 버럭 소리를 질렀다. 이번에는 절대 놓치지 않겠다는 듯 눈을 부라렸다.

하지만 결과는 마찬가지였다. 총 4개나 되는 커브를 던졌지만 조일창은 단 하나도 받아내지 못했다.

어쩌면 당연한 일. 마운드에 올라가 서로 사인을 교환하고 서로 다른 커브의 궤적에 익숙해지는 과정을 건너뛰어 놓고 메이저리그에서도 손꼽히는 커브를 받겠다는 건 애당초 말이 되지 않았다.

"으아악! 씨팔!"

조일창은 욕을 내뱉으며 미트를 바닥에 던졌다. 커브인가 싶어 미트를 내밀면 생각보다 낙차 폭도 컸다. 또 그 낙차 폭을 감안해 미트를 움직이면 놀리듯 고속 커브가 날아왔다.

"너 이 새끼. 지금 나하고 해보자는 거야?"

조일창은 급기야 말도 되지 않는 트집을 잡았다. 그러자

보다 못한 김영문 감독이 앞으로 나섰다.

"일창아."

김영문 감독의 목소리에 조일창은 화들짝 놀라며 몸을 돌렸다.

"넵, 감독님."

"됐다, 나와라."

"……?"

"너한테는 무리인가 보다."

"아, 아닙니다! 감독님. 받을 수 있습니다!"

"됐으니까 나와."

"감독님……."

조일창은 김영문 감독에게 밉보인 것 같아 속상했다. 이러다가 1군 백업 포수 자리에서 멀어질 것 같은 기분이 들었다. 그래서 쉽게 자리를 떠나지 못했다.

하지만 김영문 감독은 최명식 감독이 보는 앞에서 더 이상 망신을 당하고 싶지 않았다.

"나오라고!"

김영문 감독의 단호함 말에 조일창은 고개를 푹 숙인 채 나왔다. 그리고 잠시 후, 강동원의 투구를 구경하고 있던 1군 주전 포수 김태훈이 포수석으로 들어섰다.

"태훈아, 부담 갖지 말고 잘 받아줘라."

김영문 감독이 김태훈의 어깨를 두드렸다. 조일창보다 경험이 풍부한 김태훈이라면 강동원의 까다로운 커브도 잘 받아낼 수 있을 것 같았다.

하지만 정작 김태훈의 표정이 그다지 좋지 않았다. 강동원의 커브 궤적이 좀처럼 눈에 익지 않은 탓이었다.

그렇다고 김영문 감독의 지시를 거스를 수도 없는 일.

'일단 몇 개 받아보자.'

김태훈이 마스크를 쓰고 자리에 앉았다.

팡팡!

"자, 던져 봐."

김태훈이 가볍게 미트를 두드렸다. 자신은 없지만 그래도 1군 포수의 자존심은 있었다. 포수석에 앉은 만큼 어떤 공이든 전부 잡아내 보고 싶었다.

포수가 바뀌자 강동원도 마음을 다잡았다. 원하던 파트너는 아니었지만 그래도 프로야구 1군 포수였다. 그렇다면 그에 맞춰 공을 던져 줄 필요가 있었다.

후앗!

강동원이 힘껏 내던진 공이 큰 포물선을 그리며 홈 플레이트로 날아들었다.

파각!

김태훈이 재빨리 미트를 움직여 봤지만 떨어지는 낙차를

완벽하게 포착하진 못했다. 덕분에 미트 끝에 공이 맞고 튕겨 나가 버렸다.

하지만 조일창과는 다르게 처음 보는 공을 끝까지 따라가는 모습을 보여주었다.

'역시, 주전 포수라 이거지?'

강동원이 묵묵히 고개를 끄덕였다. 그리고 그립을 바꿔 변형 커브를 준비했다.

"윽!"

변형 커브는 김태훈도 잡아내지 못했다. 기본적인 커브와 구속부터 시작해 무브먼트와 낙차가 전부 다르다 보니 미리 준비하지 않고서는 받아내기가 힘들어보였다.

그렇게 다섯 개의 커브가 추가로 날아들었지만 제대로 받았다고 느껴지는 포구는 단 한 차례도 없었다.

"젠장할."

김태훈의 얼굴이 붉어졌다. 그러자 옆에 있던 최명식 감독이 더욱 열불을 냈다.

"이봐, 김 감독! 자네 팀 포수들이 왜 이래? 저딴 공도 하나 못 잡고 말이야. 이래서 이번 시즌 살아남겠어?"

"……."

김영문 감독도 무어라 반박할 말이 없었다. 강동원의 공이 까다롭다곤 하지만 명색이 주전 포수가 제대로 받아내지 못

한다는 건 실력보다 마음 자세의 문제일 가능성이 컸다.

솔직히 말해 훈련이 끝난 상황에서 마지못해 불려나와 후배의 공을 받는 게 즐거울 리 없었다.

그러나 최명식 감독은 그런 포수들의 심리 상태를 좀처럼 인정하려 들지 않았다.

"후우……."

결국 김태훈도 자리에서 일어났다. 조일창보다 나을 뿐이지 그 역시도 강동원의 커브를 잡아내지 못하고 있었다.

게다가 강동원의 커브는 하루아침에 받아낼 수 있을 만큼 만만치가 않았다. 더 망신당하기 전에 알아서 물러나는 게 백번 나을 것 같았다.

"감독님, 저도 안 되겠습니다."

"태훈아."

"농담이 아니라 저 공, 정말 까다롭습니다. 한 사나흘 시간을 주신다면 어떻게든 해보겠지만 지금 당장은 무리입니다."

김영문 감독은 난감했다. 김태훈 마저 못 잡겠다고 하니 누굴 세워야 할지 고민했다. 그걸 떠나서 옆에서 입을 놀리는 최명식 감독 때문에 더욱 머리가 아팠다.

"뭐야? 뭔 프로 물 몇 년씩 처먹은 새끼들이 커브 하나 못 받아! 니들이 그러고도 프로야?"

최명식 감독이 다이노스 선수들을 향해 고래고래 고함을

질렀다. 그러다가 김영문 감독을 노려보았다.

"맞다, 자네가 있었지. 우리 김 감독님 왕년에 잘나가는 포수 아니셨나. 자네가 한 번 나가서 받아보게나."

최명식 감독이 실실 쪼개며 말을 했다. 그러자 김영문 감독의 눈썹이 꿈틀거렸다. 아무리 그래도 그렇지 현역에서 물러나 지도자 생활을 하는 후배에게 포수 마스크를 쓰라는 건 조롱이나 다름없었다.

묵묵히 지켜보던 다이노스 선수들마저도 인상을 찌푸렸다. 포수석을 벗어나려던 김태훈도 자신도 모르게 주먹을 불끈 쥐었다.

그 모습을 지켜보던 강동원도 괜히 미안해졌다.

"쩝, 그냥 하나만 던질 걸 그랬나?"

만약 변형 커브를 감추고 보통 커브만 던졌다면 김태훈까지 오기 전에 조일창 선에서 포구 문제는 해결이 됐을 것 같았다.

"저 녀석이면 금방 잡을 텐데."

강동원의 시선이 자연스럽게 구석에 앉아 있는 한문혁에게 향했다. 그러자 한문혁이 당황한 듯 눈을 끔뻑거렸다.

"점마가 와저라노. 와 날 쳐다보는데."

한문혁은 괜히 불안해졌다. 강동원의 속마음을 모르는 건 아니지만 이건 아니었다. 이 상황에서 자신이 나선다는 것 자체가 말이 되지 않았다.

하지만 강동원도 제대로 된 평가를 받으려면 한문혁의 도움이 필요했다.

"문혁아, 네가 와서 공 좀 받아줘라."

강동원이 한문혁을 향해 크게 소리쳤다. 그러자 한문혁이 화들짝 놀라며 손가락으로 자신을 가리켰다.

"뭐? 나?"

"그래, 인마! 와서 공 좀 받아."

한문혁은 순간 땀을 삐질 흘렸다. 강동원의 갑작스러운 지명에 어떻게 해야 할지 몰랐다.

비록 포수 포지션이긴 하지만 자신은 아직 공을 받을 짬이 아니었다. 게다가 다이노스에는 김태훈과 조일창 말고도 포수 자원이 다섯 명이나 더 있었다.

하지만 강동원은 더 이상 시간 낭비 하고 싶은 마음이 없었다.

"뭐하고 있어. 어서 장비 착용하고 와서 앉아!"

"아놔, 저 새끼. 와 저라노."

한문혁은 이러지도 저러지도 못하고 눈치만 살폈다. 그때 김영문 감독이 입을 열었다.

"한문혁!"

"네, 감독님."

"장비 착용해."

김영문 감독의 한마디에 한문혁의 눈이 동그랗게 변했다. 설마하니 김영문 감독이 자신에게 기회를 줄 것이라고는 생각지도 못한 모양이었다.

하지만 김영문 감독도 한문혁이 고등학교 시절 강동원과 배터리를 이루었다는 사실은 잘 알고 있었다.

구종 체크가 끝나면 최명식 감독 성격상 실전 배팅을 지시할 테니 그때를 위해서라도 한문혁을 포수석에 앉히는 게 나을 것 같았다.

"왜? 자신 없나?"

"아, 아닙니다."

"그럼 장비 착용하고 어서 앉아!"

"네, 알겠습니다."

한문혁이 얼떨떨한 얼굴로 포수 장비를 착용했다. 그러는 사이 강동원은 몸이 식지 않도록 가볍게 스트레칭을 했다.

'개새끼! 감히 날 물 먹여!'

조일창은 매서운 눈으로 강동원을 노려봤다. 메이저리그라고는 하지만 남의 구단에 와서 제멋대로 한문혁을 지명했다는 것 자체가 기분이 좋지 않았다.

물론 그 역시도 강동원과 한문혁이 같은 해명 고등학교 출신이라는 것쯤은 알고 있었다.

하지만 자신보다 타격이며 그 무엇 하나 나을 게 없는 한문혁을 치켜세우는 게 마음에 들지 않았다.

하물며 한문혁은 신고 선수였다. 그런데도 강동원이 한문혁을 지명했다는 것은 한문혁은 강동원의 공을 받을 수 있다는 소리나 다름없었다.

'저 새끼가 잡을 수 있다고?'

조일창의 시선이 자연스럽게 한문혁에게로 향했다. 때마침 한문혁은 마지막 무릎 보호대를 착용하고 일어나다 조일창과 시선이 마주쳤다.

"잘해라. 내 말 무슨 소리인지 알지?"

조일창이 빠득 이를 깨물며 말했다. 자신은 물론이고 김태훈까지 물을 먹은 상황에서 한문혁이 강동원의 공을 제대로 받아낸다면 여러모로 골치 아파질 수밖에 없었다.

"아, 네. 선배님."

한문혁이 어색하게 웃었다. 그 역시도 이런 식으로 돋보일 생각은 없었다.

그러나 강동원은 선배들의 눈치나 보라고 한문혁을 그라운드로 불러낸 게 아니었다.

"문혁아!"

"……?"

"올라와!"

막 마스크를 쓰려는 한문혁을 향해 강동원이 손짓을 했다.

"젠장."

한문혁이 마지못해 마운드로 걸음을 옮겼다. 그러고는 미트 끝으로 강동원의 옆구리를 쿡 찔렀다.

"야, 너 뭐하는 건데."

"윽! 아파, 인마!"

"아프라고 한 거야. 아프라고! 문디 자슥아! 니 지금 뭐하냐고!"

"왜? 안 반가워? 난 너 보고 싶어서 부른 건데?"

"새끼, 지랄한다."

"야, 나도 좀 봐줘라. 제대로 공을 던지고 싶어도 누가 받아줘야 말이지. 그래도 내 공은 네가 제일 잘 받잖아. 안 그래?"

강동원이 씩 웃으며 말했다. 물론 지금은 비스트 포지가 강동원의 전담 포수였지만 그 한마디에 한문혁도 피식 웃고 말았다.

"입만 살았어, 강동원."

한문혁이 다시 한번 미트 끝으로 강동원의 가슴을 찔렀다.

"아프다니까."

"어쨌든 나 불러냈으니 하려면 제대로 해."

"그야 물론이지. 그리고 예전보다 커브가 두 개 정도 더 떨어질 거다. 알아서 잘 받아."

"알았어, 인마!"

한문혁이 포수석으로 돌아가 다시 마스크를 섰다. 선을 넘지 말자고 속으로 다짐했지만 오랜만에 포수 마스크를 쓴 탓일까. 자신도 모르게 어깨에 힘이 들었다.

"젠장! 나도 모르겠다. 좋아. 강동원, 맘껏 던져라!"

한문혁이 단단히 미트를 들어 올렸다.

"그래, 그래야 한문혁이지."

강동원의 입가에서 미소가 살짝 어렸다. 1년 전 해명 고등학교를 봉황기 우승으로 이끌던 그때의 기분이 새록새록 피어올랐다.

"하지만 그때와 공은 좀 다를 거야. 그러니까 제대로 받아, 문혁아."

강동원이 나직이 중얼거린 뒤 크게 팔을 들어 올렸다. 그리고 한문혁의 미트를 향해 있는 힘껏 포심 패스트볼을 던졌다.

후앗!

강동원의 손끝을 빠져 나간 공이 곧장 홈 플레이트를 향하 날아들었다. 그러고는.

퍼엉!

묵직한 포구 소리를 내며 한문혁의 미트 속으로 사라졌다.

순간 김영문 감독의 눈빛이 달라졌다.

"뭐, 뭐야?"
최명식 감독도 깜짝 놀라며 코치가 들고 있던 스피드건을 바라봤다.
"와우."
한발 먼저 구속을 확인한 코치가 탄성을 내뱉었다.

[155㎞/h]

조금 전보다 구속이 3㎞/h나 빨라졌다.
"155? 진짜 이 속도라고?"
최영식 감독은 믿어지지 않는 다는 듯 고개를 절레절레 흔들었다. 커브를 던지며 몸이 풀렸다곤 하지만 갑자기 3㎞/h의 구속을 끌어 올리는 건 말처럼 쉬운 일이 아니었다.
"말도 안 돼. 스피드건이 고장 난 거야. 대체 어디서 이상한 걸 주워 온 거야?"
"아닙니다. 올해 구입한 장비입니다."
"가서 AS 받아봐!"
"얼마 전에 점검 마친 겁니다."
코치가 곧바로 부정했다. 하지만 그 역시도 믿기지 않는 건 마찬가지였다.
반면 한문혁은 오랜만에 받아보는 강동원의 공에 자신도

모르게 신이 나버렸다.

"나이스 피칭!"

한문혁이 습관처럼 소리쳤다. 뒤늦게 아차 싶었지만 이렇게 좋은 공을 받고 입을 싹 닦는 건 포수가 할 짓이 아니라고 생각했다.

"역시 내 공은 문혁이가 받아줘야 한다니까."

강동원도 피식 웃으며 다음 공을 던질 준비를 하였다.

글러브를 가슴 쪽으로 끌어당긴 뒤 커브 그립을 말아 쥐었다. 그리고 한문혁의 미트를 향해 힘껏 던졌다.

후앗!

강동원의 손끝을 떠난 공이 큰 포물선을 그리며 날아들었다.

하지만 한문혁은 눈 하나 까딱하지 않았다. 너무나도 침착하게 공을 지켜본 뒤 마지막 순간에 정확하게 공을 받아 들었다.

퍼엉!

커브의 포구 소리가 마치 포심 패스트볼을 받은 것처럼 요란하게 울렸다. 그 순간 지켜보는 사람들의 눈이 번쩍하고 떠졌다.

스피드건에 찍힌 정확한 구속은 132㎞/h였다.

"와, 저기서 잡히다니."

"저게 강동원의 커브였구나."

"대단한데."

처음으로 제대로 된 커브의 움직임을 확인한 선수들이 웅성거리기 시작했다.

곧이어 강동원이 두 번째 커브를 던졌다.

후앗!

한문혁의 얼굴 높이로 빠르게 날아오던 커브가 마지막 순간에 뚝 하고 떨어져 내렸다.

생각보다 낙폭은 그리 크지 않지만 구속은 거의 138km/h에 달했다.

"야, 저거 138이란다. 138."

"와……. 내 포심 패스트볼하고 거의 비슷한데."

선수들은 또다시 혀를 내밀었다. 조일창은 물론이고 김태훈까지 포구에 애를 먹었던 게 이제야 이해가 갔다.

한편 김영문 감독은 안정적으로 포구를 해내는 한문혁에게서 눈을 떼지 못했다.

메이저리그에서 선발승을 따낼 만큼 강동원의 공은 위력적이었다.

하지만 강동원보다 그런 강동원을 제대로 받쳐 주고 있는 한문혁의 모습이 더 강렬하게 느껴졌다.

'확실히 자세가 안정적이야. 끝까지 공을 지켜보는 것도

좋고. 단순히 고등학교 때 호흡을 맞춰서가 아냐. 기본기가 좋아. 포수로서 자질이 아주 훌륭해.'

특히나 한문혁은 헷갈리기 쉬운 강동원의 두 가지 커브를 놓치지 않고 모두 캐치해 냈다. 덕분에 모두가 강동원이 얼마나 수준 높은 커브를 던지는지 확인할 수 있었다.

"젠장."

한쪽 구석에 찌그러져 있던 조일창조차 강동원의 커브 앞에서 고개를 끄덕일 수밖에 없었다. 강동원의 변형 커브를 두고 커브가 아니라고 우기기까지 했지만 공의 궤적을 보니 커브라고 봐야 할 것 같았다.

"그건 그렇고 저 녀석이……."

조일창의 시선이 강동원을 지나 한문혁에게 향했다. 자신이 실수한 걸 한문혁이 보란 듯이 해내고 있었다. 이렇게 가다간 백업 포수 자리가 위태로워질지도 모를 것 같았다.

"감독님, 다시 제가 포수 보겠습니다. 이번에는 확실하게 잡을 수 있습니다."

조일창은 곧장 김영문 감독에게 다가갔다. 그러나 김영문 감독은 고개조차 돌리지 않았다.

"됐어, 그냥 둬."

"감독님, 정말 잘할 자신 있습니다. 정말입니다!"

조일창이 이대로 물러서지 않겠다며 목소리를 높였다. 하지만 김영문 감독은 결정을 바꿀 생각이 없었다.

"이미 망신은 충분히 당했을 텐데. 더 망신당하고 싶나? 날 얼마나 더 창피하게 만들 셈이지?"

김영문 감독의 단호한 한마디에 조일창은 고개를 숙이며 뒤로 물러났다. 대놓고 말하진 않았지만 김영문 감독의 마음 속에 조일창의 자리는 없는 것 같았다.

"젠장! 젠장할!"

조일창이 자리에 돌아가 얼굴을 일그러뜨렸다.

심사가 비틀린 건 최영식 감독도 마찬가지였다. 강동원의 투구가 이어질 때마다 최영식 감독은 패전을 눈앞에 둔 감독처럼 표정이 굳어지고 있었다.

'제기랄, 빌어먹을! 이러려고 판을 벌인 게 아닌데!'

최명식 감독이 질근 입술을 깨물었다. 이 자리는 강동원을 망신주기 위해 만든 자리다. 강동원을 띄워주기 위한 자리가 아니었다.

하지만 잠깐 사이에 강동원은 국가 대표를 위한 쇼케이스를 펼치고 있었다. 그리고 그 투구 앞에 다이노스의 코칭스태프들은 물론이고 선수들까지 넋을 놓고 있었다.

그러는 동안 강동원은 여러 가지 구질을 시험하듯 던졌다.

파앙!

슬라이더는 143km/h에서 144km/h까지 나왔다. 시즌 때만큼 빠르진 않았지만 움직임은 해명 고등학교 시절에 비해 확실히 날카롭게 변해 있었다.

메이저리그에서 자주 던지지 않던 체인지업의 구속도 138㎞/h까지 나왔다.

그렇게 15개의 공을 던진 뒤 강동원은 투구를 멈추었다. 마운드에서 내려온 강동원을 김영문 감독이 웃으며 맞았다.

"고생했다, 동원아."

"고생은요."

강동원이 화답하듯 씩 웃었다. 그러는 사이 박동휘도 잰걸음으로 달려왔다.

"자, 동원아. 여기."

박동휘는 대충 소매로 땀을 닦는 강동원에게 서둘러 수건과 이온 음료를 건넸다.

"고마워요, 형. 그런데 어땠어요?"

"말해서 뭐 해? 오늘도 넌 최고였어. 고작 이런 데서 쓸데없이 힘쓰는 게 아까울 만큼."

박동휘가 퉁명스럽게 말했다. 강동원이 무사히 투구를 마쳐 다행이다 싶으면서도 자신에게 한마디 상의도 없이 연습 투구를 강요한 최명식 감독이 얄밉기만 했다.

강동원도 이쯤 하면 충분히 던졌다고 생각했다.

"그만 화내요. 어차피 이제 다 끝났잖아요."

하지만 최명식 감독은 여기서 끝낼 생각이 없었다.

강동원이 막 마운드를 내려가려는 찰나, 최명식 감독이 갑자기 벌떡 일어나 소리쳤다.

"뭐야. 강동원이, 왜 내려와?"

"네?"

"누구 맘대로 마운드를 내려오는 건데? 난 아직 끝났다고 한 적 없는 것 같은데?"

갑작스러운 최명식 감독의 딴죽에 강동원이 어처구니없다는 표정을 지었다.

"이제 다 끝난 것 아니었나요?"

"뭐라고? 내가 어디 너 공만 던지는 거 보려고 거기 세운 줄 알아?"

"하지만, 전 분명히 많이는 못 던진다고 말씀 드렸습니다만……."

"이게 어디서 꼬박꼬박 말대답이야!"

최명식 감독은 강동원의 말을 대놓고 무시했다. 그러고는 주변을 돌아보며 소리쳤다.

"야, 너!"

"저요?"

"그래, 너! 방망이 쓸 줄 알지? 들고 나가서 저놈 공 좀 쳐봐라."

최명식 감독은 제법 덩치 큰 선수를 타자로 지명했다. 최명식 감독이 지명한 선수는 다이노스의 주전 선수인 나성혁이었다.

180㎝이 넘는 장신에 출중한 타격 실력까지 갖춘 나성혁은 자타공인 다이노스의 예비 4번 타자였다. 올해 에릭 타임스가 빠진 만큼 어떤 용병을 데려오느냐에 따라 정말로 4번 타순에 배치될 가능성이 높은 선수였다.

게다가 나성혁은 대표 팀의 미래를 이끌어 갈 선수로 주목받고 있었다. 그런 전도유망한 선수를 모두가 보는 앞에서 초등학생 대하듯 부려먹으니 선수단의 분위기가 급격하게 굳어졌다.

"선배님, 성혁이는 부상 회복한 지가 얼마 안 돼서 아직 휴식 중인 친구입니다, 지금 써먹기엔 조금……."

김영문 감독이 냉큼 나섰다. 손목이 좋지 않아 전지훈련 합류조차 불투명한 나성혁을 갑작스럽게 타석에 세우려는 건 어떻게든 말리고 싶었다.

그러자 최명식 감독 감독이 눈을 부라렸다.

"김 감독, 자꾸 이런 식으로 나올 거야? 봐주는데도 한계가 있는 법이야."

"선배님!"

"야! 김영문이! 너 자꾸 이럴 거야? 여기서 한 따까리 할까?"

"……."

김영문 감독은 입술만 씰룩거린 채 입을 다물었다. 하지만 이번에는 박동휘가 가만히 있지 않았다.

"죄송하지만 저희는 이만 여기서 끝내야겠습니다. 그만하고 가자, 동원아."

"넌 또 뭐야?"

"저는 강동원 선수를 담당하고 있는, 에이전트 박동휘입니다."

박동휘가 명함을 꺼내 최명식 감독에게 내밀었다. 그러자 최명식 감독의 얼굴이 와락 일그러졌다.

"하, 에이전트? 요새는 에이전트들이 국가 대표 감독이 선수들 실력 좀 본다는데 낄 데 안 낄 데 구분 못 하고 끼어드나?"

"감독님! 지금 이게 그저 실력을 확인하는 겁니까? 이건 마구잡이식 학대라고밖에는 안 보입니다."

"학대? 지금 학대라고 했어?"

"그리고 조금 전 동원이 던진 걸로 충분히 보셨을 것 아닙니까. 어쨌든 저는 더 이상 이런 식의 테스트에 협조하지 않겠습니다. 계속 진행하겠다는 건 직권남용으로밖에 안 보입니다."

"뭐? 직권남용? 이 자식이! 너 누구야? 뭐 하는 놈인데 이렇게 설쳐 대?"

"조금 전에 말씀드렸습니다. 강동원 선수 에이전트라고요."

최명식 감독과 박동휘는 서로 노려보며 물러서지 않았다. 덕분에 중간에 끼인 김영문 감독만 난처한 얼굴이 되었다.

"이봐, 너! 국가 대표에 뽑히기가 어디 쉬운 줄 아나? 프로가 몇 명인데, 백날 뛰어봐야 뽑히는 건 서른 명 안쪽이라고. 그 선수들 다 누가 정해? 내가! 나 최명식이가 정한다고!"

최명식 감독은 자신의 가슴팍을 펑펑 때리며 외쳐 댔다. 목에 핏대가 가득 서려 있었다.

"그런데 나한테 이런 식으로 나오겠다 이거지? 좋아. 갈 테면 가 보라고. 국가 대표 감독의 테스트 제안을 거절했으니 평생 국가 대표로 뽑히지 않더라도 서운하진 않겠지."

최명식 감독이 으름장을 놓았다. 국가 대표 감독으로서 그가 내세울 수 있는 가장 큰 무기는 역시나 국가 대표 선발권이었다. 하지만 박동휘도 바보처럼 당하고 있지만은 않았다.

"그 말씀은 지금 이게 공식적인 테스트라는 말씀이신 거죠? 그래서 테스트에 통과하면 동원이를, 아니, 강동원 선수를 대표 팀에 뽑을 생각이라는 말씀이신 거죠?"

박동휘가 역으로 찔러 들어갔다. 그러자 이번에는 최명식 감독이 움찔했다. 대표 팀에 뽑을 생각도 없이 괴롭히는 거면 가만있지 않겠다는 투로 나오는데 이제 와서 말을 바꿀 수도 없는 노릇이었다.

"무, 물론이지. 타자들을 상대하는 것까지 본 다음에 강동원의 선발을 긍정적으로 고려할 생각이었다고!"

최명식 감독이 면피를 하기 위해 마음에도 없는 말을 주절거렸다. 그러자 옆에서 지켜보던 김영문 감독이 도리어 당황하며 최명식 감독을 불렀다.

"선배님, 진정하세요……."

비록 인망 있는 선배는 못 되지만 그래도 국가 대표 팀 감독이었다. 국가 대표 팀 감독이 아무 말이나 막 내뱉고 다닌다는 소문이 나돌기라도 하면 대표 팀에 피해가 갈 수 있었다.

최명식 감독도 자신이 내뱉고도 살짝 당황한 눈치였다. 하지만 다이노스 선수가 전부 보는 앞에서 고작 에이전트 따위에게 물러설 수는 없는 노릇이었다. 그래서 더욱 당당하게 나갔다.

"진정은 무슨 진정? 내가 지명하는 타자를 가볍게 잡아낸다면 당연히 국가 대표로 뽑아야지 않겠나."

최명식 감독이 가볍게라는 단어에 힘을 주어 말했다. 나성혁을 상대로 질질 끌려갔다간 어림없다고 선전포고를 한 것이다.

하지만 박동휘는 군말 없이 고개를 주억거렸다. 강동원의 실력을 믿거니와 이제 와 저런 말에 넘어가 도망칠 수는 없었기 때문이다.

"그 약속, 꼭 지켜주시길 바랍니다."

박동휘가 주머니 안에 집어넣은 핸드폰을 꽉 움켜쥐었다. 만약을 대비해 녹음 어플을 실행시켰는데 최명식 감독의 목소리가 얼마나 제대로 녹음이 되었을지는 장담하기 어려웠다.

그래도 다이노스 선수들이 전부 듣고 있는 가운데 내뱉은 말이니 최명식 감독도 자신의 약속은 지킬 것이라 여겼다.

그러나 정작 최명식 감독은 여전히 강동원을 국가 대표로 뽑을 생각이 없었다.

'어디서 저런 놈이 나타나서는. 에잇! 선수가 뭣 같으니 에이전트란 놈도 똑같고만.'

최명식 감독이 질근 입술을 깨물었다. 대표 팀을 들락거리며 지금껏 적잖게 갑질을 해 왔지만 박동휘처럼 따박따박 대드는 에이전트는 처음이었다.

하지만 그래도 특별히 걱정이 되진 않았다. 나성혁이 그리 만만한 타자도 아니거니와 만에 하나 강동원이 나성혁을 잡아낸다 하더라도 다른 핑계를 대면 그만이었다.

'내가 저딴 놈을 뽑을 성싶으냐? 절대 그런 일 없어.'

최명식 감독은 강동원을 노려보며 속으로 다짐했다. 그리고 나성혁에게 다가가 속삭였다.

“야, 나성혁이.”

“넵, 감독님.”

“지난번에 보낸 양주 잘 마셨다.”

“아, 아닙니다. 감독님. 더 좋은 선물을 드리지 못해 죄송합니다.”

“그래, 인마. 다음번에는 가격대 좀 올려라. 네 연봉이 얼마인데 꼴랑 200짜리 보내냐? 한 천만 원 정도는 써. 나한테 돈 쓰는 게 아까워?”

“아, 아닙니다.”

“그건 그렇고, 너도 꼴에 메이저리그 노리고 있다며?”

“…….”

“WBC가 메이저리그 가고 싶은 놈들한테 얼마나 인기 있는 줄 알지?”

“네, 감독님.”

“너 인마, 똑바로 쳐라. 지면 국물도 없을 줄 알아.”

최명식 감독의 한마디에 나성혁의 표정이 뻣뻣하게 굳어졌다.

손목 부상 때문에 대표 팀 선발은 어려울 거라고 생각하고 있었다. 하지만 국가 대표 감독이 직접 와서 보겠다는데 몸을 사릴 수도 없었다.

무엇보다 최명식 감독은 차기 아시안 게임은 물론이고 프리미어 12의 감독으로까지 거론되고 있는 상황이었다.

이번 대회가 아니더라도 대표 팀에서 어떻게든 얼굴을 보게 될 터. 그때를 위해서라도 최선을 다해야 했다.

“혹시 알아? 잘 치면 이번에 대타 자원으로라도 네가 대신 들어갈지도.”

최명식 감독이 작게 속삭였다. 그러자 나성혁의 눈빛이 활활 타올랐다.

‘미안하다, 후배. 하지만 나도 어쩔 수 없다.’

나성혁이 매서운 눈으로 강동원을 잡아먹을 듯이 노려보았다.

그렇게 대표 팀 후보 나성혁과 현역 메이저리거 강동원의 승부가 시작됐다.

‘허, 문혁이 보러 왔다가 이게 뭐야.’

나성혁과의 원치 않던 대결이 성사되자 강동원은 살짝 당황하고 있었다.

타자를 세워놓고 테스트할지도 모른다는 생각은 했지만 그 상대가 설마 국가 대표급 타자인 나성혁일 줄은 전혀 예상조차 못 한 것이다.

'뭔가 일이 커진 느낌인데.'

천천히 마운드를 고르며 강동원이 무겁게 한숨을 내쉬었다. 솔직히 꼭 국가 대표가 되고 싶어서 테스트에 응한 건 아니었다.

WBC가 야구를 종목으로 한 국제 대회 중 가장 규모가 큰 대회이긴 했지만 우승을 한다고 해서 특별히 이득이 생기는 것도 아니었다.

WBC의 최대 장점은 메이저리그 스카우터들의 시선이 몰려든다는 점이다. 게다가 결선을 미국에서 치르니 평소보다 더 많은 관심을 받을 수 있었다.

하지만 강동원은 이미 자이언츠와 계약된 메이저리거였다. 그리고 올해 시범 경기를 통해 자이언츠의 선발 로테이션 진입을 목표로 하는 상황이었다.

당연하게도 메이저리그를 바라보는 선수들과는 입장이 다를 수밖에 없었다.

'그런데 대표 팀에 뽑히면 내가 저 감독 밑에 들어가는 거야? 어휴, 그건 죽어도 싫은데.'

자신을 죽일 듯 노려보는 최명식 감독과 눈이 마주치자 강동원이 질렸다는 표정을 지었다.

설령 국가 대표로 선발되어도 문제였다. 이 난리를 쳤는데 최명식 감독이 제대로 기회를 줄지도 장담하기 어려웠다.

게다가 나성혁의 눈빛도 심상치 않다는 게 걸렸다.

'차라리 일부러 칠 수 있게 던져야 되나. 하아……. 그건 또 강동원 스타일이 아닌데.'

강동원이 무겁게 한숨을 내쉬었다.

하지만 오기 가득한 얼굴로 자신을 바라보는 박동휘의 모습을 보니 흔들리는 마음이 금세 잦아들었다.

다른 사람도 아니고 자신을 믿고 미국까지 함께한 박동휘가 보고 있었다.

자신을 위해 최명식 감독과도 대거리를 하는 박동휘를 이대로 욕보일 수는 없는 노릇이었다.

"집중하자, 집중!"

강동원이 모자를 깊게 눌러썼다. 그리고 날카로워진 눈으로 한문혁을 바라봤다.

'크흐, 그래. 그래 나와야지. 그래야 강동원이지.'

강동원의 표정을 확인한 한문혁이 씩 웃었다. 혹시나 강동원이 부담스러워하면 어쩌나 싶었는데 괜한 걱정을 한 것 같았다.

'성혁 선배는 아직 손목이 시원찮으니까 볼배합으로 잡아보자.'

한문혁이 가볍게 미트를 들어 올렸다. 시즌 중에 한창 컨디션이 좋을 때의 나성혁은 괴물이라 불릴 만큼 무서웠지만 지금은 강동원의 공을 이겨낼 것 같지 않았다.

퍼엉!

한문혁의 요구대로 강동원은 빠른 공으로 스트라이크를 잡아냈다. 그리고 연달아 두 개의 커브를 던졌다.

하나는 바깥쪽에 살짝 빠지는 공.

하나는 몸 쪽을 정확하게 파고드는 공.

"윽!"

나성혁은 두 개의 커브에 연달아 헛스윙을 하고 물러났다. 생각 이상으로 낙차가 큰 강동원의 커브에 전혀 타이밍을 맞추지 못했다.

두 번째 타석에서도 강동원은 빠른 공으로 카운트 잡기에 나섰다.

따악!

나성혁도 지지 않겠다며 3구째 들어온 빠른 공을 건드려 댔다.

하지만 4구째 들어온 변형 커브를 이기지 못하고 또다시 삼진으로 물러났다.

나성혁은 세 번째 타석에서도 역시나 꼼짝달싹하지 못했다. 볼배합은 전 타석과 똑같았지만 커브에 대한 부담이 컸다. 그러다가 처음으로 운 좋게 낙차 큰 커브를 건드리는 데

성공했다.

"후우! 이제 공이 보이네."

나성혁이 헬멧을 고쳐 쓰고 방망이를 돌려댔다. 완벽하게 커브를 맞춰낼 자신인 없지만 적어도 커트는 가능할 것 같았다.

하지만 기쁨도 잠시.

후앗!

강동원의 주특기인 변형 커브가 몸 쪽으로 뚝 하고 떨어지자 방망이를 내돌리지도 못한 채 또다시 삼진으로 물러나고 말았다.

"젠장할!"

세 타석 모두 삼진 아웃이 된 나성혁은 고개를 떨궜다. 국가 대표가 탐나긴 했지만 지금의 손목 상태로는 솔직히 무리였다. 게다가 강동원은 생각보다 훨씬 좋은 공을 던지고 있었다.

"와! 뭔데 저런 괴물 같은 놈이 다 있노?"

나성혁이 중얼거리며 타석에서 물러났다. 그 모습을 보고 최명식 감독이 보란 듯이 짜증을 부렸다.

"에라이, 병신 새끼! 고작 저딴 놈을 상대로 한 번도 제대로 못 치다니."

최명식 감독이 빠드득 이를 갈았다. 설마하니 나성혁이 강동원에게 정타 하나 때려내지 못하리라고는 생각하지 못한 모양이었다.

"이만 하면 되셨습니까?"

박동휘가 최명식 감독을 바라보며 웃었다. 그러자 최명식 감독이 어림없다며 되받아쳤다.

"이제 고작 한 타자뿐이잖아. 아직 멀었어!"

최명식 감독은 한발 물러서 있던 김영문 감독에게 다가갔다. 그리고 협조하라며 옆구리를 쿡 찔렀다.

"어이, 김영문이. 쟤 말고 쓸 만한 애 없어?"

"아시잖습니까. 성혁이가 다이노스 4번 타자입니다."

"저런 녀석이 4번이라고? 자네 미쳐도 단단히 미쳤고만?"

"지금은 손목이 좋지 않아서 당했지만 시즌 중이었다면 저렇게 쉽게 끝나지 않았을 겁니다."

김영문 감독이 나성혁을 두둔했다. 자신이 직접 선발해 타자로 전향시켜 여기까지 끌고 왔으니 애정이 남다를 수밖에 없었다.

하지만 최명식 감독에게 필요한 건 시즌 중에 잘할 선수가 아니었다. 지금 당장 강동원의 콧대를 부러뜨려 줄 선수였다.

"잔소리 말고 다른 놈 하나 내놔봐!"

최명식 감독이 으름장을 놓았다. 그러자 김영문 감독을 대신해 옆에 있던 코치가 대신 입을 열었다.

"인우는 어떠십니까?"

"인우? 인우가 누구야?"

"박인우요. 이번 시즌에 타율이 많이 올랐거든요."

"아, 그 2루 보는 놈?"

최명식 감독이 고개를 주억거렸다. 생각해 보니 무식하게 힘으로 던지는 강동원을 꼭 힘으로 이겨낼 필요는 없을 것 같았다.

"그 녀석, 걷어내는 거 잘하지?"

"네, 그래서 투수들이 상당히 까다로워합니다."

"좋아, 좋아. 그래야지."

최명식 감독은 곧장 박인우를 불렀다. 그리고 곧장 박인우의 등짝을 두드렸다.

"좋아! 다음은 너다! 가서 본때를 보여주고 와라."

"제, 제가요?"

박인우는 슬쩍 김영문 감독을 바라보았다. 나성혁이야 대표 팀에 언급될 만큼 지명도가 있는 타자였지만 자신은 달랐다. 다이노스의 테이블 세터로 활약하긴 하지만 아무래도 김영문 감독의 눈치를 볼 수밖에 없었다.

"다치지 않게 조심해라."

김영문은 두 손 두 발 다 든 표정으로 고개를 끄덕였다. 박인우는 그제야 헬멧과 방망이를 들고 타석에 들어섰다.

"너, 이름이 뭐였지?"

천천히 타석을 고르던 박인우가 한문혁을 바라보며 말했다.

"선배님, 한문혁입니더."

"그래, 맞아. 한준혁이. 지난번에 같이 밥도 먹었는데 내가 잠깐 까먹었다."

박인우의 말에 한문혁은 쓴웃음을 지었다. 이름이 틀린 건 둘째 치고 박인우와 따로 밥을 먹은 적이 없기 때문이었다.

마무리 훈련 초반. 박인우는 나성혁과 함께 신인 선수들을 따로 불러 밥을 샀다. 이제 한 식구가 되었으니 다이노스의 우승을 위해 서로 힘을 합쳐 보자는 취지였다.

하지만 그 자리에 한문혁은 초대받지 못했다.

이유는 간단했다.

"어디 신고 선수가……."

중간 다리 역할을 했던 조일창이 제 선에서 한문혁을 잘라 버렸다.

속은 쓰렸지만 한문혁은 겉으로 내색하지 않았다. 자신이 선배였다 하더라도 언제 그만둘지 모르는 신고 선수들까지 일일이 챙기는 건 어려울 것 같았다.

그러나 이제 와 존재하지도 않는 인연을 끄집어 내 친한

척 구는 것도 달갑진 않았다.

"준혁아."

"네, 선배님."

"커브 위주로. 알았지?"

"네, 알겠습니다."

한문혁이 곧장 고개를 끄덕였다. 투수와 배터리를 이루어야 할 포수가 타자와 내통하는 것만큼 용서받지 못할 짓은 없겠지만 대놓고 커브를 요구를 하는데 마냥 무시하기도 쉽지 않았다.

'동원아, 나도 좀 봐도.'

한문혁은 초구부터 커브 사인을 냈다. 강동원은 별다른 의심 없이 한문혁의 사인대로 공을 던졌다.

박인우는 초구 커브를 지켜본 뒤 2구째 커브 때 방망이를 내돌렸다.

하지만 생각만큼 타이밍이 맞지 않자 한문혁에게 또다시 말을 걸었다.

"준혁아, 바깥쪽은 너무 멀다."

"……."

"형 말 듣고 있는 거지?"

"그럼 몸 쪽으로 던질까요?"

"그래, 차라리 몸 쪽이 낫겠다."

좌타자인 박인우에게 백도어성으로 날아드는 강동원의 커브는 까다로웠다.

스트라이크와 볼의 경계 선상으로 오다가 마지막 순간에 홈 플레이트 쪽으로 휘어져 들어오니 커트를 해내기가 어려웠다.

하지만 몸 쪽으로 날아드는 커브라고 해서 쉬운 건 결코 아니었다.

후앗!

강동원의 손끝을 빠져 나간 공이 한복판을 지나 박인우의 몸 쪽으로 파고들었다. 박인우가 끝까지 공을 지켜본 뒤 빠르게 방망이를 내돌려봤지만.

후웅!

방망이는 애꿎게 허공만 가르고 말았다.

"와, 진짜. 이게 왜 안 맞지?"

박인우가 억울한 듯 중얼거렸다. 분명 타이밍이 맞다 싶었는데 마지막 순간에 뚝 떨어져 내린 공은 방망이 밑 부분으로 사라져 버렸다.

"준혁아, 일부러 유인구 요구한 거냐?"

박인우가 고개를 돌려 한문혁을 노려봤다. 왠지 느낌상 한문혁이 몸 쪽 낮은 코스의 커브를 주문했을지도 모른다는 의심이 들었다.

그러나 한문혁이 낸 사인은 몸 쪽 커브였다. 낙폭이 큰 커브의 특성상 낮은 코스를 요구했다면 홈 플레이트에 들어오기 전에 바운드가 됐을 가능성이 높았다.

"아닙니다, 선배님. 그냥 몸 쪽 커브였습니다."

"그래? 확실해?"

"네, 저 녀석 커브가 워낙 까다로워서요."

"젠장. 알았다."

박인우가 질근 입술을 깨물었다. 마음 같아서는 더욱 확실하게 공을 요구하고 싶었지만 다이노스 주전 선수의 자존심상 거기까지는 입이 떨어지지 않았다.

'조금 더 끝까지 공을 지켜보자.'

잠시 타석에서 벗어났던 박인우는 전략을 바꿨다. 메이저리그가 감탄했다는 그 커브를 제대로 때려내 안타로 연결하고 싶은 마음은 굴뚝같았지만 생소한 움직임을 따라가기란 한계가 있을 것 같았다. 그래서 박건호의 커브를 전부 커트해 내기로 마음먹었다.

"준혁아."

"네, 선배님."

"이제 포심이랑 섞어서 던져도 돼."

"아, 네."

"대신 커브는 몸 쪽만. 알았지?"

"……네."

박인우의 요구대로 한문혁은 초구에 포심 패스트볼을 요구했다. 앞선 타석에서 3구 연속 커브를 던졌으니 빠른 공을 보여줘야만 하는 상황이었다.

강동원은 군말 없이 고개를 끄덕였다. 박인우가 타석에 들어서면서부터 한문혁의 사인이 조금 이상해지긴 했지만 크게 신경 쓰지 않았다.

강동원에게 있어 나성혁과 박인우 중 더 까다로운 선수는 나성혁이었다.

손목 부상의 여파로 스윙이 매끄럽진 않았지만 힘 있게 방망이를 휘돌리는 나성혁의 위압감은 강동원을 긴장하고 집중하게 만들었다.

반면 정타를 만들어내는 것보다 공을 건드리는 데 초점을 둔 박인우는 달랐다. 맞아봐야 안타라는 생각이 드니 마음이 편했다. 그래서 뻔히 보이는 볼배합으로 상대해도 큰 부담이 들지 않았다.

'빠른 공은 처음일 텐데. 어디 얼마나 따라오나 볼까?'

왼다리를 크게 들어 올린 뒤 강동원은 힘껏 마운드를 박차고 나갔다.

후앗!

강동원의 손끝을 빠져 나간 공이 곧장 박인우의 몸 쪽을 파고들었다. 순간 박인우가 어깨를 움찔거렸지만.

퍼엉!

순식간에 홈 플레이트를 스쳐 지나는 공을 막아내지 못했다.

“코치님, 이거 얼마예요?”

괜히 머쓱해진 박인우가 스피드건을 들고 있는 코치를 바라봤다.

“151.”

코치가 짧게 말했다.

“아, 네.”

박인우가 살짝 미간을 찌푸렸다. 국내 투수들과는 비교할 수 없을 만큼 공의 무브먼트가 좋긴 했지만 151㎞/h 정도면 충분히 대응해야 하는 구속이었다.

“준혁아, 다시 한번 포심 던져 봐.”

“……네.”

“코스는 몸 쪽으로. 알지?”

“…….”

한문혁이 미간을 찌푸리며 사인을 냈다. 이 정도면 아예 배팅볼을 던져 달라고 말하는 편이 나을 것 같았다.

사인을 확인한 강동원이 빠르게 투구판을 박찼다.

후앗!

새하얀 공이 초구와 거의 비슷한 궤적으로 날아들었다.

"어딜!"

이번에는 박인우도 망설이지 않고 방망이를 내돌렸다. 하지만 마지막 순간에 뻗어 오르듯 솟구친 공은 방망이보다 한 발 먼저 홈 플레이트를 스쳐 지나가 버렸다.

퍼엉!

묵직한 포구 소리가 경기장을 울렸다.

"크으!"

박인우가 질근 입술을 깨물며 타석 밖으로 도망쳤다. 그러고는 다시 코치를 노려봤다.

체감상 초구보다 최소 5㎞/h 이상 빠른 공이 들어온 것 같았다. 그러나 코치의 입에서 나온 숫자는 고작 152㎞/h였다.

'152㎞/h라고? 젠장. 뭐가 어떻게 된 거야?'

박인우는 이해가 가지 않았다. 150㎞/h대 초반의 포심 패스트볼을 던질 수 있는 투수들은 구단마다 최소 두세 명은 존재했다. 거기에 용병들까지 더하면 리그에만 최소 서른 명이 넘었다. 그렇게 익숙한 구속인데…… 강동원의 포심 패스트볼은 좀처럼 눈에 들어오질 않았다.

'아무래도 포심은 안 되겠어.'

박인우가 다시 고개를 저었다. 한문혁과 한통속이라는 걸 숨기기 위해 일부러 포심 패스트볼을 상대해 봤는데 상상 이상이었다. 그렇다면 그나마 눈에 익은 커브를 공략하는 게 백번 나을 것 같았다.

"준혁아, 몸 쪽 커브로 가자."

일방적으로 구종과 코스를 읊은 뒤 박인우가 방망이를 들어 올렸다.

"후우……."

한문혁이 어쩔 수 없다며 사인을 냈다. 강동원은 이번에도 한문혁의 요구대로 공을 던졌다.

후앗!

강동원의 손끝을 빠져 나간 공이 큰 포물선을 그리며 박인우의 몸 쪽을 파고들었다. 그러자 박인우가 자신만만하게 방망이를 휘돌렸다.

하지만 애석하게도 날카로운 타격음은 울리지 않았다. 대신.

퍼억!

둔탁한 포구 소리가 경기장에 울렸다.

"크으으! 젠장할!"

박인우가 또다시 아쉬움에 몸부림을 쳤다. 분명 다 잡았다고 여겼던 커브가 앞서 본 포심 패스트볼 때문인지 다시 멀게만 느껴졌다.

"이번에는 커브만. 알았어?"

"네."

연속 삼진을 당하자 박인우는 약이 바짝 올랐다. 그래서 대놓고 커브를 요구했다.

한문혁도 박인우의 바람대로 몸 쪽 커브 사인만 세 번을 냈다. 그러나 결과는 크게 달라지지 않았다.

헛스윙.

헛스윙.

그리고 헛스윙.

강동원의 낙차 큰 커브에 전혀 타이밍을 맞춰내지 못했다.

"됐어! 너도 나와!"

박인우에게 기대를 걸었던 최명식 감독이 짜증을 냈다. 박인우는 한 번 더 기회를 달라고 말했지만 최명식 감독은 단호하게 고개를 저었다.

"누구야? 누가 저딴 녀석을 추천한 거야?"

최명식 감독의 이마에 주름이 한 줄 더 늘어났다. 그러자 코치들이 저마다 고개를 돌려 버렸다.

그사이 박동휘가 냉큼 마운드로 다가갔다.

"야, 너 대단하다. 오늘 컨디션 정말 좋은가 보네?"

"형, 6타석 연속 삼진이 얼마나 어려운 줄 알죠?"

"알지. 그걸 모를까."

"하, 그 어려운 걸 제가 또 했네요."

"뭐냐……. 그 어디서 많이 들어본 듯한 말투는?"

"형은, 태양의 후배 몰라요?"

"설마 유세진 대위 따라한 거면 집어치워 줄래? 나 그 드라마 골수팬이거든?"

"쳇."

"그건 그렇고 너 더 던질 거야?"

박동휘가 조심스럽게 물었다. 강동원이 흔들리는 모습을 한 차례라도 보여줬다면 에이전트의 신분을 앞세워 강동원의 투구를 중단시켰겠지만 지금은 굳이 그럴 필요가 없을 것 같았다.

그러자 강동원이 당연하다며 고개를 끄덕였다.

"제가 먼저 그만둘 필요 없죠. 안 그래요?"

"그러다 모든 타자 다 상대하라고 하면?"

"까짓것 전부 삼진으로 잡아버리죠."

"에효, 네 맘대로 해라!"

박동휘가 강동원의 몸 상태를 대충 체크하고는 내려갔다. 그러자 최명식 감독이 기분 나쁜 눈으로 박동휘를 노려봤다.

"빌어먹을! 하나같이 맘에 드는 녀석들이 없어."

최명식 감독은 마지막 반전 카드로 대표 팀 중심 타자로 점찍은 방성민을 불렀다.

"야, 방성민이. 거 앉아서 시끄럽게 굴지만 말고 네가 나가!"

방성민은 김영문 감독의 눈치를 살피지도 않았다. 그저 이번엔 자기 차례라는 듯이 방망이와 헬멧을 챙겨 타석에 들어섰다.

방성민은 흙을 고르며 방망이를 몇 번 돌렸다. 그리고 한문혁을 힐끔 쳐다보았다.

“마, 문혁아.”

한문혁은 방성민이 자신을 부르자 저도 모르게 고개를 들었다.

“네에?”

“새끼야, 정면 보고 말해. 나 쳐다보지 말고.”

“아, 네에. 선배님.”

“선배들 다 죽이니까 좋냐?”

한문혁은 방성민의 말에 화들짝 놀랐다.

“헉! 그, 그게 그러니까. 서, 선배님…….”

“긴 말 필요 없다. 지금이라도 늦지 않았으니까. 좋게 끝내자.”

후배인 한문혁은 힘이 없었다. 선배 방성민의 말대로 따를 수밖에 없는 입장이었다.

“네…….”

“좋아, 넌 그렇게 하면 되는 거야. 일단 몸 쪽 포심 하나 던져 봐라.”

한문혁은 방성민의 주문대로 몸 쪽 포심 패스트볼을 요구했다. 이에 강동원은 별다른 거리낌 없이 고개를 끄덕였다.

강동원이 크게 다리를 들어 올린 뒤 있는 힘껏 몸 쪽으로 공을 던져 넣었다. 그러자 방성민이 기다렸다는 듯이 히죽 웃으며 힘차게 허리를 돌렸다. 하지만.

후웅!

방성민의 방망이는 허공을 가르고 말았다.

"뭐야? 벌써 지나간 거야?"

"아, 네. 저 녀석 패스트볼이 좀 빠릅니다."

"젠장. 문혁아, 같은 코스로 다시!"

한문혁은 2구 역시 몸 쪽 포심 패스트볼을 요구했다. 강동원은 다시 고개를 끄덕이며 몸 쪽으로 힘껏 던졌다.

후웅!

처음보다 조금 빨라진 방망이가 새하얀 공을 때리기 위해 달려들었다. 하지만.

훙!

이번에도 방성민의 방망이는 허공을 갈랐다.

"아놔, 새끼 빠르네."

방성민이 타석에서 물러서며 방망이로 자신의 스파이크를 툭툭 쳤다. 그리고 한문혁을 향해 다시 말했다.

"같은 걸로."

"이, 이번에도요?"

"새끼가. 너 아까 민우랑 짜고 친 거 내가 모를 줄 아냐?"

"그, 그건……."

"그러니까 시키는 대로 해."

"……넵."

다시 타석에 들어선 방성민은 포수 쪽으로 한 발짝 뒤로 물러났다. 확실하게 몸 쪽으로 온다는 것을 알고 받아놓고 치기 위함이었다. 하지만 한문혁은 고개를 흔들었다.

'이건 해도 해도 너무 하잖아. 치사해서 못해먹겠네. 에잇!'

뻔히 보이는 수작질에 지친 한문혁이 사인을 바꿔서 바깥쪽 커브를 요구했다. 그러자 강동원이 피식 웃었다. 그러곤 고개를 가로저었다.

'잉? 점마 와 저라노?'

한문혁이 의문을 느끼며 사인을 다시 보냈다. 이번에도 강동원은 고개를 가로 저었다.

'왜 또 고집이가? 커브 던지라.'

'괜찮아, 인마. 그냥 아까처럼 포심으로 던질게.'

'허? 설마 니, 눈치채고 있었냐?'

'너랑 얼마나 했는데. 딱 보면 척이지.'

'하아. 문디 자슥…….'

한문혁은 길게 한숨을 내쉬었다. 강동원이 다 알고 있다니 마음 한편이 조금은 홀가분해졌다.

'그라니까 일부러 던져 줬다 이기제? 칠 테면 치보라고.'

한문혁은 강동원의 자신감이 마음에 들었다. 과거 봉황기 결승에서 노히트노런을 기록했을 때처럼 어떤 공을 던져도 얻어맞지 않을 것 같았다.

'그래, 인마! 던져 봐라!'

한문혁이 단단히 미트를 들어 올렸다.

강동원은 가볍게 고개를 끄덕였다. 그리고 투구판에서 발을 크게 들어 올린 후 있는 힘껏 공을 던졌다.

후앗!

한문혁의 미트로 묵직한 포심 패스트볼이 빠르게 날아갔다. 좀 전과 같은 코스의 몸 쪽 공이었다. 방성민도 기다렸다는 듯이 있는 힘껏 방망이를 돌렸다. 하지만.

후웅!

이번에도 방성민의 방망이는 애꿎은 허공만 갈라야 했다.

"으아아아!"

방성민은 얼마나 세게 방망이를 돌렸는지 허리가 반쯤 꺾인 채 무릎을 꿇었다. 헬멧도 저 만치 날아가 바닥에 뒹굴었다.

방성민은 그 상태로 움직이지도 못하고 믿지 못하겠다는 표정으로 굳어버렸다.

3구 삼진.

그것도 몸 쪽으로 똑같은 공이 연달아 들어왔는데 단 하나도 제대로 맞춰내지 못했다.

그 모습을 지켜보던 최명식 감독의 얼굴은 더욱 딱딱하게 굳어져 있었다. 옆에 서 있는 코치의 스피드건에 찍힌 구속이 자그마치 157km/h이 나왔기 때문이다.

"제길, 아직은 포심 패스트볼을 따라잡을 몸이 아니었네."

타석 밖에서 잠시 몸을 풀던 방성민이 씩 웃으며 방망이를 움켜쥐었다.

새파랗게 어린 후배에게 당했다는 사실에 충격이 컸지만 방성민은 내색하지 않았다. 약한 모습을 보였다간 그대로 잡아먹힌다는 걸 누구보다 잘 알고 있기 때문이었다.

"그럼, 이제 커브로 해볼 차례인가?"

"커, 커브로 말입니까?"

한문혁이 방성민을 보았다.

"새끼야, 나 보지 말라니까."

"아, 네에."

"자, 이번엔 커브다. 잘 전달해라."

"알겠습니다."

한문혁은 방성민의 요구대로 커브만 계속해서 요구했다.

초구 바깥쪽으로 파고들어온 커브는 스트라이크.

2구 바깥쪽 낮게 날아든 커브는 헛스윙.

3구 바깥쪽으로 날아든 커브는.

따악!

파울.

처음으로 강동원의 공을 건드리는 데 성공한 방성민은 4구와 5구째 들어온 커브도 커트해 냈다.

하지만 정작 방성민의 표정은 밝지 않았다.

"젠장할."

같은 공을 5개나 봤는데도 불구하고 방망이 중심에 전혀 맞히지 못하고 있었다.

오히려 맞히는 데 급급하다 보니 타격 밸런스까지 허물어졌다. 이대로 가다간 강동원을 무너뜨리기 전에 자신이 먼저 무너져 버릴 것 같았다.

"도대체 어떻게 된 녀석이기에……."

타석에서 한발 물러서며 방성민이 질렸다는 눈으로 강동원을 바라봤다.

방성민도 연습량이 적은 편은 아니었다. 오기도 있고 집념도 좋았다. 누구에게든 삼진을 당하면 그다음 번에 만났을 때는 어떻게든 안타를 때려내려고 달려드는 성격이었다.

하지만 강동원의 커브는 포심 패스트볼 이상으로 까다로웠다. 생전 이런 커브는 처음이었다. 자신의 스윙 궤적으로는 도저히 맞춰내지 못할 것 같았다.

'흥분하지 말자. 저 녀석도 사람이야. 로봇이 아닌 이상 분명 실투는 나온다. 그때까지 버티면 돼.'

애써 마음을 정리하며 방성민이 타석에 들어섰다.

그 순간.

후앗!

6번째 커브가 바깥쪽으로 날아왔다.

방성민의 방망이가 다시 돌아갔다. 그런데 이번에는 앞선 공보다 낙폭이 더 컸다.

'이, 이런…….'

방성민이 인상을 쓰며 팔을 쭉 내밀었다. 그러자 방망이 끝에 둔탁한 느낌이 들었다.

'마, 맞혔다.'

방성민은 어떻게든 공을 걷어냈다며 가슴을 쓸어내렸다. 그때 한문혁이 멋쩍어하며 자신의 미트를 보여주었다.

"선배님, 아웃…… 인데요?"

"뭐어?"

방성민이 한문혁이 내민 미트를 보았다. 그 안에 하얀 야구공이 들어가 있었다.

"새끼……."

방성민이 어처구니없다는 눈으로 한문혁을 바라봤다. 그

러자 한문혁도 자신도 모르게 움찔 하고 몸을 떨었다.

그러나 방성민은 화를 내지 않았다.

"잘했다. 그래야 진정한 포수지."

비록 편법을 썼지만 인정할 것 인정하는 성격이었다. 그리고 뒤끝도 없는 선수였다.

방성민은 오히려 한문혁에게 칭찬을 하며 타석에서 벗어났다. 그리고 헬멧이며 장갑, 스파이크 끈을 새롭게 정비한 후 타석에 들어섰다.

"문혁아."

"네, 선배님."

"이번에는 나 신경 쓰지 말고 네 맘대로 던져 봐라."

"네에?"

한문혁은 혹시 자신이 잘못 들었는지 되물었다.

"네 맘대로 알아서 던져 보라고."

"아, 알겠습니다. 선배님."

방성민이 단단히 방망이를 들어 올렸다. 이제 마지막 타석이다. 마지막 타석만큼은 강동원과 제대로 된 승부를 펼쳐 보고 싶었다.

한문혁도 비로소 포수 본연의 역할로 돌아가 사인을 보냈다.

'음?'

강동원은 제대로 된 사인이 들어오자 미간을 찌푸렸다. 그러다 한문혁이 괜찮다는 사인을 내자 그제야 피식 웃었다.

'한 번 해보자 이 말이죠?'

강동원은 어렵지 않게 방성민의 의도를 알아챘다. 나성혁과 더불어 다이노스의 4번 자리를 노리는 선수였다. 어쩌면 이 기회를 통해 자신의 역량을 시험해 보고 싶은 것인지도 몰랐다.

'그렇게 나오신다면 나야 고맙지.'

강동원이 천천히 자세를 잡았다. 그리고 크게 다리를 올리며 힘껏 공을 던졌다.

후앗!

낮게 깔려 들어간 공이 그대로 홈 플레이트 가장자리를 스쳐 지났다.

퍼엉!

"후후후, 새끼. 진짜 봐주는 거 없네."

방성민이 한발 물러나며 혀를 내둘렀다.

"좋아. 이렇게 나와야지."

방성민은 다시금 방망이를 고쳐 잡았다. 그리고 매서운 눈으로 강동원을 노려보았다.

한문혁은 평소처럼 볼카운트를 유리하게 끌고 가기 위한 리드에 들어갔다.

탁!

2구째 바깥 쪽 슬라이더를 던져서 파울을 유도해 냈다.

탁!

3구째 바깥쪽으로 떨어지는 체인지업은 방성민이 몸을 날려 걷어냈다.

4구째 강동원은 승부를 끝내기 위해 몸 쪽 높게 파고든 하이 패스트볼을 내던졌지만.

탁!

아슬아슬하게 방망이에 걸리면서 또다시 파울이 되어버렸다.

볼카운트는 투 스트라이크 노 볼.

이 승부의 마침표를 찍을 공은 이제 단 하나밖에 남지 않았다.

# 28장
# 대표 팀 선발 논란

1

'이제 커브가 들어올 때가 되었는데.'

방망이를 추켜세우며 방성민은 커브를 기다렸다.

한문혁도 투 스트라이크 이후 방성민이 커브를 노리고 있다는 것을 알았다. 그래서 일부러 다른 구종을 요구했는데 방성민이 전부 커트를 해냈다.

이쯤 되면 한문혁도 어쩔 수 없었다.

'자, 커브다.'

한문혁이 천천히 손가락을 움직였다.

'짜식, 진즉에 그렇게 나왔어야지.'

강동원이 기다렸다는 듯이 고개를 끄덕였다.

물론 한문혁도 일반 커브를 요구하진 않았다. 커브 2라 불렀던 파워 커브. 그것도 몸 쪽으로 붙은 공이었다.

패스트볼이라 여기고 방망이를 내밀었다간 헛스윙을 하기 딱 좋은 유인구였다.

"후우……."

길게 숨을 고르며 강동원이 천천히 투구 동작에 들어갔다. 그리고 한문혁의 미트를 향해 힘껏 공을 던졌다.

후앗!

강동원의 손끝을 빠져 나간 공이 빠르게 방성민의 얼굴 쪽으로 날아들었다. 순간 반사적으로 방망이를 내돌리던 방성민이 급격히 허리의 회전을 늦췄다. 본능적으로 파워 커브가 들어왔다고 판단한 것이다.

하지만 고작 그 정도만으로는 강동원의 파워 커브를 때려내기가 어려웠다.

방성민이 이를 악물며 허리의 스윙을 늦춰 봤지만.

후웅!

방망이는 목표를 잃고 애꿎은 허공을 가르고 말았다.

마지막 순간에 뚝 떨어진 공은 그대로 한문혁의 미트 속에 처박혔다.

"와우! 이건 진짜 못 치겠다."

방성민이 고개를 흔들어 댔다. 어지간한 상대라면 약이 올라서 화가 났을 텐데 강동원은 강해도 너무 강했다. 그렇다 보니 괜히 웃음마저 나왔다.

"와, 졌다, 졌어! 너 진짜 장난 아니다."

방성민은 엄지손가락까지 올리며 시원하게 패배를 인정했다. 그 모습을 지켜보던 최명식 감독이 와락 인상을 찌푸렸지만 크게 신경 쓰지 않았다.

"에이, 병신 같은 새끼들! 그것 하나 치지 못하고……."

최명식 감독이 보란 듯이 짜증을 냈다. 다른 선수도 아니고 다이노스가 우승을 위해 100억 가까이 주고 데려온 방성민마저 강동원의 공 하나 때려내지 못했다는 사실이 그저 한심스럽기만 했다.

그때 최명식 감독의 옆으로 박동휘가 다가갔다.

"감독님, 약속은 지키시는 거죠?"

박동휘가 웃는 얼굴로 말했다. 솔직히 웃을 상황은 아니지만 강동원이 방성민까지 잡아내자 자신도 모르게 입꼬리가 올라갔다.

그 모습이 자신에 대한 조롱처럼 느껴진 것일까.

"흥!"

최명식 감독은 콧방귀를 뀌고는 그대로 운동장을 빠져나갔다.

박동휘는 그 모습을 보고 그저 웃음만 지었다. 그사이 강동원이 마운드에서 천천히 내려왔다. 한문혁 또한 자리에서 일어나 마스크를 벗었다.

한문혁과 강동원.

한때 해명 고등학교를 고교 야구 정상에 올려놓았던 두 사람이 모처럼 그라운드에서 만났다.

"역시 내 마누라다!"

강동원이 손을 높이 들었다.

"마, 내가 할 소리다."

한문혁이 씩 웃으며 강동원의 손바닥을 때렸다.

2

[WBC의 계절이 돌아온다!]

[WBC 제4대 사령탑으로 최명식 감독 공식 취임!]

[최명식 감독, 이번만큼은 우승으로 보답하겠다며 포부를 밝혀!]

[서서히 윤곽이 드러나는 대표 팀 엔트리! 해외파 속속들이 이름들을 올려!]

[오늘 최종 엔트리 발표! 과연 강동원 선수는 최종 엔트리에 들어갈 수 있을 것인가?]

1월이 되자 WBC와 관련된 기사들이 쉴 새 없이 쏟아져 나왔다.

언론의 가장 큰 관심사는 역시나 엔트리였다.

28명의 엔트리 속에 과연 누가 포함될지 추측하는 것만으로도 오프 시즌의 아쉬움을 달래기엔 충분했다.

하지만 WBC(월드 베이스 볼 클래식)를 한 달여 앞둔 상황에서도 아직까지 대표 팀 최종 명단은 발표되지 않고 있었다.

참가를 요청했던 해외파 선수들은 물론이고 대표 팀의 중심을 잡아줘야 할 고참 선수들이 이런저런 사정으로 불참을 선언하면서 계속해서 결원이 발생했기 때문이다.

그래서 10개 구단 감독과 최명식 감독은 추가 선수 선발 회의를 위해 회의장에 모였다.

오늘 최종 명단이 발표될지 모른다는 기대감 때문일까. 대회장 밖에서는 이미 수많은 취재진이 자리하고 있었다.

각 구단 감독들이 대회장으로 들어갈 때마다 카메라 플래시들이 번쩍번쩍하고 터졌다. 감독들은 팬서비스 차원에서 따뜻한 미소로 기자들에게 손을 흔들어 댔다.

마지막으로 최명식 감독이 국가 대표 옷을 입고 나타나면서 그 취재 열기는 더욱 뜨거워졌다.

그때 한 기자가 질문을 던졌다.

"최 감독님, 질문 하나만 할게요. 오늘이 WBC 최종 엔트리 발표 날인데요. 논란이 조금 많습니다. 빈자리가 두 명인데요. 최 감독님은 어떤 선수가 뽑히라 예상하십니까?"

"아, 그건 각 구단 감독들과 상의를 거쳐야 하기 때문에 지금은 말씀드리기 곤란합니다. 하지만 최강의 전력으로 이번 대회에 임한다는 각오만큼은 전혀 달라지지 않았으니 안심하셔도 좋을 것 같습니다."

"저도 한 가지 더 여쭙겠습니다. 최근 해외파 선수들의 불참 소식이 계속해서 전해지고 있는데요. 대표 팀 감독으로서 심정이 어떠신가요?"

바로 옆에 있던 기자가 뒤이어 질문을 던졌다. 순간 최명식 감독의 표정이 살짝 일그러졌다. 이틀 전에 전해 들은 김현우의 불참 소식이 머릿속에 떠오른 것이다.

하지만 최명식 감독은 이내 대수롭지 않은 듯 말을 이었다.

"가능하면 해외에서 활약하는 선수들에게도 기회를 주고 싶었는데 함께하지 못 해 안타까운 심정입니다. 하지만 국내 선수들도 해외 선수들 못지않게 실력이 뛰어나니까요. 해외파 선수들이 부족하다고 해서 대한민국 대표 팀의 전력이 떨어지는 일 따위는 없을 것 같습니다."

"그러니까 해외파 선수들에 의존하지 않겠다는 말씀이신 거죠?"

"물론 경험 많은 해외 리그의 선수들이 대표 팀에 합류해 준다면 큰 도움이 될 겁니다. 하지만 소속 구단 측에서 난처한 기색을 보였고 선수들 또한 경쟁에서 살아남아야 하는 입장이다 보니 대표 팀 합류를 강요하기가 쉽지 않습니다."

"항간에는 이번 WBC는 군 면제 혜택이 없기 때문에 선수들이 미온적으로 대처하고 있다는 얘기가 있던데요. 이 부분에 대해서는 어떻게 생각하십니까?"

"그건 그저 시비 걸기 좋아하는 사람들이 떠들어 대는 말에 지나지 않습니다. 저뿐만 아니라 대표 팀 선수들은 가슴에 단 태극 마크를 무척이나 자랑스러워합니다. 군 면제 혜택이 없다 하더라도 대표 팀의 가치가 달라지는 일은 없을 겁니다."

"일각에서는 아시안게임이나 올림픽처럼 국가적 대회는 대부분 군 면제와 같은 혜택이 있는데, WBC나 프리미어 12 같은 국가대항전에는 별다른 혜택이 없다는 점을 문제 삼고 있는데요."

"그 부분에 대해서는 차차 논의해가야 할 것 같습니다."

"한 말씀만 더 드리겠습니다. 아무래도 오늘 자이언츠의 강동원 선수가 최종 엔트리에 들어간다는 예상이 많은데요. 최 감독님은 그 가능성을 어떻게 보십니까?"

기자 중 한 명이 최명식 감독을 향해 소리쳤다. 그러자 회

의실에 들어가려던 최명식 감독이 발걸음을 멈추고는 고개를 돌렸다.

그 순간 다른 기자들도 앵무새처럼 강동원의 발탁을 묻기 시작했다.

“감독님! 어떻게 하실 생각이십니까?”

“말씀해 주시죠.”

“강동원을 최종 엔트리에 넣을 생각입니까?”

중요한 순간을 담기 위해 여기저기서 플래시 세례가 터졌다.

‘젠장. 여기서도 강동원 강동원이로군.’

최명식 감독은 강동원의 이름 석 자에 장내가 뜨거워지자 표정 관리가 되지 않았다. 하지만 국가 대표 감독으로서 사사로운 감정을 기자들 앞에서 보여줄 수는 없는 노릇이었다.

“국민들께서 대표 팀 전력에 많은 관심을 가져주시는 걸로 알고 있습니다. 그 점에 대해서는 늘 감사하게 생각하고 있습니다. 하지만 선수 선발 문제는 충분히 상의를 할 문제이고, 그 결과는 나중에 나오게 되겠죠. 어쨌든 저 개인적으로 좋은 결과가 나오길 바라고 있습니다.”

“좋은 결과란 말씀은 강동원 선수가 최종 엔트리에 들어간다고 봐도 괜찮은 겁니까?”

“글쎄요. 솔직히 강동원 선수가 온다면 좋긴 하겠죠. 하지만 그건 어디까지나 저의 개인적인 생각일 뿐입니다."
"아, 감독님께서는 최종 엔트리에 넣고 싶은데 다른 감독님들이 반대를 할지도 모른다. 이런 말씀이십니까?"
기자들은 집요하게 강동원에 대해서 물어왔다. 그럴수록 최명식 감독의 얼굴이 점점 붉어졌다.
그러자 먼저 회의장에 들어가 있던 사무차장 조민식이 재빨리 나타나 기자들을 정리했다.
"하하하, 죄송합니다. 지금 급한 회의가 있어서 말이죠. 질문은 잠시 후 기자회견 시간에 받도록 하겠습니다. 어서 가시죠, 감독님."
"아아, 벌써 시간이 이렇게 됐나……."
최명식 감독은 마지막 답변을 얼버무린 채 서둘러 대회의장 안으로 들어갔다.
"이봐, 사무차장!"
"아, 네! 감독님."
"방금 저거 어디 쪽 기자야? 섭외 좀 제대로 하지."
"죄송합니다. 다음번엔 저희랑 연관된 기자들로만 들이겠습니다."
"제대로 좀 하자고, 제대로 좀! 어험!"
최명식 감독은 애꿎은 조민식에게 짜증을 낸 뒤 자신에게 마련된 의자로 걸어갔다. 회의장 안에는 이미 국내 10개 구단의 감독들이 자리하고 있었다.

최명식 감독이 들어오면서 이런 저런 덕담이 오고 갔던 회의장이 마치 찬물을 끼얹은 듯 조용해졌다.

최명식 감독은 당당하게 상석에 자리했다. 그러자 곧바로 사무차장인 조민식이 마이크를 잡았다.

"네, 시간이 없으니 곧바로 본론으로 들어가도록 하겠습니다. 현재 구성된 WBC 엔트리입니다. 화면을 봐 주시죠."

조민식의 말이 떨어지기가 무섭게 프로젝트 화면에 명단이 떠올랐다.

[우완 투수]

우규인(트윈스), 이대운(전 치바, 현 경찰청), 안종현(다이노스), 장시완(위즈), 임정후(트윈스), 임창영(타이거즈), 심창인(라이온즈), 오승완(카디널스)

[좌완 투수]

장원진(베어즈), 양현준(타이거즈), 이현송(베어스), 차운찬(라이온즈), 김강현(와이번즈)

[포수]

강민오(자이언츠), 강의지(베어스), 김태훈(다이노스)

[내야수]

김태윤(이글스), 이대오(자이언츠), 오재언(베어스), 서근창(히어로즈), 방성민(다이노스), 허영민(베어스), 강정오(파이러스), 김재오(베어스).

[외야수]

민병언(베어스), 손하섭(자이언츠), 이영규(이글스) 최형수(타이거즈)

"일단 이렇게가 사전에 합의된 명단입니다. 그리고 아시다시피 강정오 선수가 개인상의 이유로 불참을 선언했습니다. 오늘 회의에서 강정오 선수의 대체 선수와 부상 진단서를 낸 김강현 선수의 대체 선수를 선발하도록 하겠습니다. 일단 감독님들의 의견부터 듣도록 하겠습니다."

사무차장 조민식의 정리에 감독들은 고개를 끄덕였다. 하지만 최명식 감독은 불만이 가득한 표정이었다.

"해외파는 오승완이하고 이대운이뿐이잖아. 이래 갖고 성적이나 나오겠어?"

WBC 감독 제안을 받아들이며 최명식 감독이 요구했던 첫 번째는 최대한 많은 해외파 선수를 합류시켜 달라는 것이었다.

하지만 애석하게도 엔트리에 남아 있는 해외파 선수는 둘뿐이었다.

그중 이대운은 일본의 치바에서 나와 군 문제를 해결하기 위해 경찰청에 입단한 상태였다.

나머지 선수들은 하나같이 소속 팀에서 참가를 불허한다는 공문을 보내 왔다.

그나마 한 방 능력을 갖춘 강정오에게 기대를 걸었지만 강정오 역시 똑같은 공문을 보내면서 대표 팀 전력에 구멍이 뚫려 버렸다.

"그게 아무래도 시즌 초에 열리는 경기다 보니까 해외 선수들 입장에서는 참가가 쉽지 않나 봅니다."

조민식 사무차장이 선수들을 두둔했다. 국가 대표로 선발되는 건 물론 영광스러운 일이었지만 그렇다고 해서 개인적인 사정들을 간과할 수 있는 건 아니었다.

"아무리 그래도 2명은 좀 너무한 거 아닌 가? 스타 선수가 없으면 관심도 떨어지게 마련이라고."

최명식 감독이 한숨을 내쉬었다. 다저스의 류현신이 어려울 것 같아 트윈스 박병오와 오리올스 김현우, 파이어리츠 강정오를 뽑아 강력한 중심 타선을 만들 계획이었는데 그야말로 물거품이 되어버렸다.

"자, 이제부터 대체 선수들에 대한 자유로운 논의 시간을 갖도록 하겠습니다. 각 감독님들은 편히 말씀해 주십시오."

최명식 감독을 대신해 조민식 사무차장이 회의를 이끌었다. 그러자 이글스 모자를 쓴 김성은 감독이 조용히 손을 들었다.

"네. 김성은 감독님."

김성은 감독은 엔트리를 주욱 훑어보더니 특유의 말투로 입을 오물거렸다.

"내가 볼 때는 투수 쪽 전력이 좀 부족해 보이는데. 아무래도 김강현이를 대신해 선발을 맡아줄 오른손 투수가 필요할 것 같다는 생각이 드는군."

김성은 감독의 말에 다른 감독들도 고개를 끄덕였다. 하지만 감독 중 누구도 선불리 특정 선수를 언급하진 않았다.

만에 하나 자신이 감독직을 맡고 있는 팀에서 산수가 추가로 차출된다면 곤란할 수밖에 없었다.

그렇다 보니 자신이 먼저 나서서 다른 팀의 선수 이름을 언급하기도 어려웠다.

회의장의 침묵이 길어지자 다이노스의 김영문 감독이 슬쩍 끼어들었다.

"다들 어려운 상황이지만 야구계에서 WBC가 차지하는 위상을 고려했을 때 좋은 성적을 낼 수 있도록 각 구단이 적극적으로 나서는 게 좋을 것 같습니다. 가능하다면…… 성적순으로 말이죠."

나이를 이유로 대표 팀을 고사하거나 부상 등으로 대표 팀에서 하차한 인원이 적지 않은 상황이었다.

그렇다면 대승적인 차원에서 성적이 좋은 구단부터 차출 가능한 대체 선수를 고려하는 게 나았다.

현 한국 리그 최고의 팀은 2년 연속 한국 시리즈를 가져간 베어스였다.

특히나 올해는 김현우라는 최고의 타자를 메이저리그로 보낸 상황에서도 안정적인 전력을 과시하며 정규 시즌-한국 시리즈를 석권하는 기염을 토해냈다.

그러나 우승 팀이라는 이유만으로 베어스도 더 이상 선수들을 빼앗길 수는 없는 상황이었다.

"어험! 저희 팀은 분명 에이스 투수가 나갔습니다. 이 점을 확실히 짚고 넘어갔으면 좋겠습니다."

베어스의 김태영 감독이 냉큼 나서서 말했다. 엔트리에는 베어스 출신인 좌완 장원준의 이름이 올라가 있었다.

그것을 떠나서 베어스는 이번 대회에 주전급 선수만 6명을 참가시킨 상황이었다.

여기서 추가로 주전 선수들을 대회에 내보냈다간 목표였던 한국 시리즈 3연패가 어려워질지 몰랐다.

하지만 애석하게도 김태영 감독은 나이가 어렸다. 우승 팀 감독이라는 커리어는 화려했지만 그 커리어를 뒷받침해 줄 무게감은 부족할 수밖에 없었다.

"거참, 우승도 했으면서 뭘 그래, 그 정도는 당연히 나와야 하는 거 아닌가. 나 같으면 10명이라도 집어넣겠네."

라이벌 구단인 트윈스의 양상운 감독이 불만스럽게 투덜거렸다. 그러자 김태영 감독도 지지 않고 목소리를 높였다.

"무슨 그런 말씀을 하십니까? 베어스 선수만 6명입니다. 28명 중에 베어스 소속만 6명이라고요. 한국 야구가 10구단 체제에 들어간 지 몇 년이 지났는데 한 구단에서 6명의 선수를 차출한다는 게 말이나 되는 소리입니까?"

"내가 뭐 틀린 말했나. 고작 여섯 명 가지고 자네가 하도 생색을 내니까 하는 소리지."

"그럼 제가 여기서 더 뭐라고 말을 해야 합니까? 네? 말씀해 보세요."

김태영 감독과 양상운 감독이 서로를 똑바로 노려보며 설전을 펼쳤다. 아무래도 젊은 축에 드는 감독들이라서인지 의견이 부딪치면 물러서는 법이 없었다.

"잠시만요. 두 분 감독님. 여긴 WBC 최종 엔트리를 뽑는 자리입니다. 조금 자중해 주시면 감사하겠습니다."

보다 못한 사무차장 조민식이 중재에 나섰다. 그제야 두 감독은 입을 다물었다.

최명식 감독은 그런 김태영 감독과 양상문 감독을 보고 혀를 찼다.

"쯧쯧쯧, 감독이라는 사람들이. 때와 장소를 가려야지 말이야."

그때 다시 김영문 감독이 말을 이었다. 만약에 베이스에 쓸 만한 투수가 보였다면 군말 없이 양상운 감독의 편을 들었겠지만 베어스에 남은 선발급 투수라고는 느림의 미학을 선보이는 유희완뿐이었다.

유희완은 2013년부터 4년 연속 10승을 넘긴 수준급 투수였다. 구속이 낮고 평균 자책점이 높다는 단점이 있지만 풍부한 경험을 살린다면 선발진에 합류해 힘을 보태줄 가능성도 높았다. 무엇보다 선수 본인도 대표 팀 선발을 강력하게 희망하고 있었다.

하지만 애석하게도 유희완은 좌완 투수였다. 가뜩이나 수준급 좌완 투수가 많은 상황에서 굳이 유희완을 선발해 논란을 일으킬 필요는 없었다.

"류제군이는 어때요?"

최명식 감독의 시선이 도리어 양상운 감독에게 향했다. 그러자 양상운 감독이 말도 안 된다며 탁상을 내리쳤다.

"제군이라니요! 저희 팀도 분명 에이스를 내보냈습니다. 그런데 이러시면 안 되죠!"

"에이스라니? 누가 에이스인데요?"

"운찬이가 에이스죠! 설마 운찬이가 트윈스로 이적한 걸 모르시는 건 아니시죠?"

당초 트윈스가 내놓은 선수는 우규인과 임정후였다. 그런데 우규인이 라이온즈로 떠나고 반대로 라이온즈의 좌완 에이스 차운찬이 트윈스로 오면서 트윈스 소속 선수는 우규인과 차운찬으로 변경된 상태였다.

"아, 참. 그랬지. 거 명단에 팀 이름 좀 제대로 표기하라고 몇 번 말했소?"

괜히 머쓱해진 최명식 감독이 조민식 사무차장에게 화살을 돌렸다.

"죄송합니다. 최종 엔트리 발표 때는 수정하도록 하겠습니다."

조민식 사무차장이 굳은 얼굴로 고개를 숙였다.

이후에도 몇몇 선수의 이름이 거론되긴 했지만 속 시원하게 의견이 모아지는 경우가 없었다.

하위권 팀 감독들은 한두 명 내보낸 걸로 면피를 하려 들었다. 상위권 팀 감독들도 더 이상의 출혈은 불가하다며 목소리를 높였다.

그러자 김영문 감독이 다시 한번 조심스럽게 입을 열었다.

"지금 필요한 건 우완 선발이고, 최명식 감독님은 해외파의 합류를 원하시니 메이저리그 자이언츠에 있는 강동원 선수를 선발하는 게 어떨까요?"

김영문 감독의 말에 최명식 감독의 얼굴이 와락 일그러졌다.

"김영문 감독! 지금 무슨 이상한 소리를 하는 겁니까?"

최명식 감독이 다급히 김영문을 째려보았다. 하고많은 선수 중에 강동원이라니. 이건 자신을 엿 먹이겠다는 소리밖에 되지 않았다.

그러나 이해관계에서 자유로워진 감독들의 생각은 달랐다.

"생각해 보니 동원이가 있었네요. 우완이고 선발로 뛰니까 그야말로 최고의 조건 아니겠습니까?"

타이거즈의 김희태 감독이 손뼉을 쳐 대며 맞장구 쳤다.

"저도 강동원이 경기를 봤습니다. 어린 나이임에도 커브가 아주 예술적입니다."

"외국인들 상대로 주눅도 하나도 안 들고 착실하게 던지더라고요."

"이러다간 정말로 제2의 최동원이 나올지도 모르죠. 안 그런가요?"

"네, 맞습니다. 지금 잘만 키우면 나중에 괴물이 될 겁니다."

"그럼 차라리 오승완을 포기하고, 강동원 쪽으로 가는 겁니까?"

마지막으로 김영문 감독이 재차 물었다. 오승완은 한 차례 도박 파문으로 여론이 좋지 않았다.

물론 오승완의 필요성은 백번 설명해도 지나치지 않았다. 메이저리그에서도 통하는 마무리 투수다. 오승완이 대표 팀에 합류해 뒷문을 맡아준다면 대표 팀 불펜의 무게감 자체가 달라질 수밖에 없었다.

그래서 지난 엔트리 발표 때 오승완의 이름을 밀어 넣고 여론의 추이를 지켜보는 중이었다. 하지만 강동원이라는 대안이 있다면 굳이 오승완에게 목맬 필요는 없었다.

"강동원은 이번 포스트시즌 때 불펜에서도 뛴 경험이 있습니다.

"솔직히 강동원을 제대로 활용하려면 선발보다는 불펜이 낫겠죠."

강동원을 향한 감독들의 의견은 대부분 긍정적이었다. WBC는 앞서 말했지만 병역 혜택이 없었다. 그래서인지 각 구단들은 주전급 선수들을 내놓는 걸 꺼려했다.

"나도 찬성입니다. 어차피 강동원은 아직 25인 로스터에 포함된 것도 아니지 않습니까."

"유력하긴 하다지만 스프링 캠프에서 무슨 일이 벌어질 지는 아무도 모르는 법이니까요."

"그럼 더 문제 될 것 없겠네요. 강동원을 뽑도록 합시다."

긴 시간 끝에 각 감독들의 의견이 한군데 모였다. 대놓고 말하진 않았지만 강동원이라는 대체 자원이 있어서 다들 안도하는 분위기였다.

그런데 불현듯, 책상이 쾅 하고 큰 소리를 내며 뒤흔들렸다.

"안 돼! 그 녀석은 절대 안 돼!"

최명식 감독이 얼굴을 바들바들 떨며 외쳤다. 자연스럽게 회의장의 분위기가 싸늘하게 변했다.

"이봐 최 감독, 다들 괜찮다는데 왜 그래?"

가장 연장자인 이글스의 김성은 감독이 눈살을 찌푸렸다. 후배인 최명식 감독이 이런 식으로 어깃장을 놓는 게 마음에 들지 않은 것이었다.

하지만 최명식 감독도 더는 물러서지 않았다.

"아니, 검증도 안 된 풋내기 투수를 대표 팀으로 뽑자니요! 그게 지금 말이나 되는 소리입니까? 메이저리거면 다 뽑아야 해요? 게다가 그 녀석은 아직 반편이 아닙니까! 메이저리그 선수들 다 놓치고 그 녀석 데려와 봐요! 내 체면이 뭐가 됩니까?"

최명식 감독이 흥분을 참지 못하고 큰 소리로 떠들어 댔다. 사무차장 조민식이 기자들이 아직 밖에 있다며 만류해 봤지만 소용없었다.

"행여나 강동원을 뽑았다가 결승에 올라가지 못하면 누가 책임질 겁니까? 말해봐요. 김성은 감독님, 감독님이 책임지실 겁니까? 네?"

"하지만 그 녀석의 투구를 보면 자네도 마음이 바뀔지도……."

"이미 봤습니다. 그러니까 하는 말 아닙니까!"

최명식 감독이 다시 한번 책상을 쾅 하고 내려쳤다. 이쯤 되자 다른 감독들도 입을 다물었다. 한 번 꽂히면 좀처럼 물러서는 법이 없는 최명식 감독이다. 설득하는 것 자체가 무의미하다는 걸 다들 알아챈 것이다.

"어쨌든 강동원은 안 됩니다. 지금부터 강동원 뽑자는 감독 있으면 무조건 그 구단에서 선수 선발할 겁니다. 농담 아닙니다."

최명식 감독의 협박에 김성은 감독을 비롯한 다른 감독들이 동시에 미간을 찌푸렸다. 하지만 그중 누구도 먼저 총대를 메려 하지 않았다.

그렇게 강동원의 추가 발탁은 무효로 돌아갔다.

최명식 감독은 강정후와 김강현의 자리에 새로 히어로즈의 김하선과 신재혁을 넣으며 회의를 마쳤다.

히어로즈의 신임 감독인 정정석이 말도 안 된다며 발끈했지만 다른 구단의 감독들이 이번에도 침묵으로 최명식 감독의 뜻에 힘을 실어주면서 그대로 결정이 나버렸다.

그날 오후.

KBO에서 WBC 최종 엔트리를 발표했다.

[우완 투수]

우규인(라이온즈), 이대운(전 치바, 현 경찰청), 안종현(다이노스), 장시완(위즈), 임정후(트윈스), 임창영(타이거즈),신재혁(히어로즈), 심창인(라이온즈), 오승완(카디널스)

[좌완 투수]

장원진(베어즈), 양현준(타이거즈), 이현송(베어스), 차운찬(트윈스), 김강현(와이번즈)

[포수]

강민오(자이언츠), 강의지(베어스), 김태훈(다이노스)

[내야수]

김태윤(이글스), 김하선(히어로즈), 이대오(자이언츠), 오재언(베어스), 서근창(히어로즈), 방성민(다이노스), 허영민(베어스), 김재오(베어스).

[외야수]

민병언(베어스), 손하섭(자이언츠), 이영규(이글스) 최형수(타이거즈)

"뭐야? 강동원은 없는데?"

"잘못 본 거 아니야? 분명히 좋은 결과 기다린다고 했는데……."

엔트리를 접한 기자들의 얼굴에 당혹감이 번졌다. 하지만 그 어디에서도 강동원의 이름은 찾아볼 수 없었다.

[WBC 최종 엔트리 드디어 발표!]

[국가 대표 최종 엔트리 발표! WBC 라인업 공개!]

[해외파 선수들, 대거 불참 선언!]

기사를 통해 WBC 대표 팀 엔트리를 확인한 야구팬들도 하나같이 고개를 갸웃거렸다.

"왜 강동원을 안 뽑은 거지?"

"낸들 아냐. 우리가 정하는 것도 아닌데."

"내가 최명식 이 새끼 또라이 짓 할 줄 알았다."

그사이 카디널스의 오승완이 불참할지 모른다는 소문이 돌았다. 언론은 앞다투어 강동원을 뽑아야 한다고 대표 팀에

압력을 넣었다.

하지만 최명식 감독은 눈 하나 꿈쩍하지 않았다.

"강동원은 아직 메이저리그에서 더 성장해야 할 선수입니다. 게다가 지금 메이저리그 진입을 앞두고 있습니다. 그런 선수를 무리해서 대회에 합류시키고 싶지 않은 게 제 진심입니다."

최명식 감독은 인터뷰를 통해 모든 건 강동원을 위한 결정이라고 말했다.

"이젠 하다하다 별 걱정을 다 하시는군."

기사를 통해 최명식 감독의 인터뷰를 접한 강동원은 그저 코웃음만 났다.

야구팬들도 강동원과 똑같은 생각이었다.

ㄴ뭔 또라이 같은 소리야? 지금 누가 누굴 걱정하는 건데?

ㄴ장난해? 해외파 다 잘린 마당에, 강동원 말고 누가 남았는데.

ㄴ강동원이 국제 경험이 적긴 개뿔이! 계속 외국인들 상대하는데 누가 국제 경험이 적다는 거야? 말이 되는 소리를 해야 할 거 아냐?

강동원은 내심 자신을 생각해 주는 네티즌들이 기뻤다. 하지만 듣기 좋은 소리만 있는 것도 아니었다.

ㄴ그런데 최명식 감독 말에도 일리가 있는 거 아닌가? 데뷔한 지도 얼마 안 된 놈이 선배들을 제치고 벌써부터 태극 마크를 단다는 게 좀 이르긴 하잖아.

ㄴ뭐가 말이 안 되는데? 류현신도 어릴 때부터 태극 마크 달았거든?

ㄴ어이가 없네. 류현신은 괴물이라서 가능한 거고. 강동원 따위랑은 비교가 안 되지.

ㄴ너 야구 언제부터 봤냐? 강동원도 충분히 괴물이거든? 첫 선발부터 3경기 연속 선발승을 따는 게 쉬운 줄 아냐? 류현신도 첫 선발은 패전이었거든?

ㄴ뭐래? 너 강동원 빠냐? 왜 자꾸 강동원, 강동원 해대는 거야! 짜증 나게!!

ㄴ미친 새끼가? 그래 나 강동원 빠다. 어쩔래!

ㄴ아이고, 강동원 빠라서 좋겠습니다. 멍청한 놈 따라서 팬들도 아주 멍청하네요!

ㄴ뭔 개소리야. 어그로 끌지 마라.

갑작스럽게 끼어든 류현신 때문에 댓글들이 감정싸움으로 번져 갔다. 덕분에 강동원도 씁쓸한 얼굴로 기사를 닫아야 했다.

"그래도 태극 마크 한 번쯤은 달아보고 싶었는데."

강동원이 아쉬운 듯 중얼거렸다. 대한민국 선수라면 누구나 왼쪽 가슴에 태극 마크 다는 꿈을 꿔봤을 것이었다.

그 꿈을 이룰 수 있나 싶었는데 이렇게 무산되니 왠지 모를 공허함마저 밀려들었다.

"괜찮아, 아직 기회는 많이 있잖아."

강동원은 쓴웃음을 감추고 물 한 잔을 벌컥벌컥 들이켰다.

그때였다.

띵동!

아파트 벨소리가 울렸다. 강동원이 인터폰 화면을 확인했다. 그곳엔 낯익은 남성이 서 있는 모습이 보였다.

그는 뭐가 그리도 신기한지 눈을 크게 뜨고 고개를 기웃거리고 있었다. 강동원은 그의 얼굴을 확인하자 절로 웃음이 나왔다.

"후후후, 왔냐?"

"왐마! 이기 어따 대고 말해야 하노. 내다, 동원아."

그는 인터폰에서 소리가 나오자 대답할 마이크를 찾아 한동안 두리번거리는 모습이었다.

"기다려, 문 열어줄게."

강동원은 인터폰의 화면을 터치했다. 강동원은 그가 아파트 입구로 들어가는 모습을 확인하고 현관문을 열어두었다.

조금 뒤, 엘리베이터 소리가 들리자 슬리퍼만 신은 채 마중 나갔다.

"어서 와라, 문혁아."

"와, 미친다. 엘리베이터가 무슨 초고속이다!"

한문혁은 집에 들어오자마자 감탄사부터 터뜨렸다. 그러고는 곧바로 집 구경부터 시작했다.

"와, 이기 뭐꼬? 확실히 니 돈 좀 벌었나 보다."

"돈은 무슨. 그런 거 아니야."

"에이. 아니다, 있어바라. 내는 구경 좀 하께!"

"멋대로 부수지는 마라. 대출 갚을 게 산더미니까……."

한문혁은 강동원의 말은 들은 체도 안 했다. 주방, 화장실, 거실 쉴 새 없이 집안 구석구석을 누비고 돌아다녔다. 안방에선 제집인 양 침대에 털썩 누워보기도 했다.

"이야, 전망 쥑이네. 이런 집 살면 전기세 엄청 나오겠다."

"자, 그만하고 이리 와 앉아."

"마, 쫌 보자."

온갖 방을 휘저은 뒤 한문혁은 베란다를 기웃거렸다. 전망 좋은 곳에 높게 우뚝 선 아파트 밖으로 부산의 바다가 시원하게 펼쳐졌다.

"신기하네. 아파트가 이런 곳이었구나."

한문혁은 평생을 부산 달동네에서 살아왔었다. 집이 특별히 가난한 건 아니지만 그렇다고 최신식 아파트를 욕심 낼 정도는 아니었다. 그렇다 보니 이런 아파트가 그저 신기할 따름이었다.

"누가 촌놈 아니랄까 봐. 가만히 좀 있으라니까."

"마, 내가 암만코 오래된 아파트는 마이 봤어도, 여는 완전 테레비에 나오는 집이다. 완전 살아 있다 아이가!"

한문혁은 창문을 활짝 열어젖힌 채 난간에 몸을 걸쳤다. 그러고는 덩치에 어울리지 않게 앓는 소리를 냈다.

"우와, 현기증 날라칸다! 와 이리 높노!"

"야, 시끄러워, 다른 집에서 뭐라 하겠다."

"니 집인데 누가 뭐라카는데?"

"넌 뉴스도 안 보냐? 층간 소음 때문에 칼부림 나는 게 대한민국이야, 인마. 그리고 나 없으면 우리 엄마 혼자 사신다고."

"아, 그랬나? 미안하데이."

한문혁이 미처 그 생각은 못했다며 머리를 긁적였다. 그리고 조용히 거실로 돌아왔다.

"그런데 이렇게 좋은 집도 층간 소음이 있나?"

"집이 좋아도 소음은 다 조금씩 있다더라. 그래서 요새는 걸을 때도 살살 걸어야 해. 여차하면 신고도 들어온다고."

"헉! 야, 거짓말 치지 마라! 내 아파트 안 산다고 무시하나 지금."

"진짜라니까. 그보다 배고프지?"

"어? 그라고 보니 쪼메 고픈 거 같기도."

"잠시만 기다려. 안 그래도 엄마가 너 온다고 해서 김치찌개 끓여놓고 가셨어."

강동원이 일어나 주방으로 향했다.

"오, 참말로?"

"그래, 인마! 데워 내기만 하면 돼."

"알았다."

한문혁이 냉큼 식탁에 앉았다. 강동원은 냉장고에서 냄비째 꺼낸 김치찌개를 버너에 올렸다.

"그런데 동원아."

"왜."

"니는 괘안나?"

"뭐가."

"거 있잖나. 대표 팀."

"……."

강동원은 묵묵히 찌개 끓이는 것에만 집중했다. 그러자 한문혁이 다시금 입을 열었다.

"그래도, 내는 니가 꼭 뽑힐 줄 알았다."

"괜찮아, 인마. 난 아직 어리잖아."

"그래도……."

한문혁이 위로하듯 강동원을 바라보았다. 진짜 괜찮냐고 묻는 얼굴이었다.

하지만 강동원은 이미 신경을 끈 상태였다. 한문혁이 오기 전에 미련을 놓아버렸기에 별다른 감정은 없었다.

"자, 일단 먹어."

"어…… 알았데이."

강동원과 한문혁은 한동안 말없이 조용히 밥만 먹고 있었다. 그러던 중 강동원이 무거운 목소리로 말했다.

"문혁아."

"켈록켈록, 으응?"

한문혁은 갑자기 자신을 부르자 사례가 걸린 듯 기침까지 해댔다.

"난 괜찮으니까. 신경 쓰지 않아도 돼. 내가 더 노력해서 다음에 꼭 국가 대표 되면 되잖아. 너도 같이!"

그 말에 한문혁의 입꼬리가 슬며시 올라갔다.

"하모! 당연한 거 아이가. 담에 나도 꼭 국가 대표 될 수 있도록 해볼게!"

"야야, 밥알 다 튄다! 다 먹고 얘기하라고."

"으응, 후루룩 쩝! 역시 니네 어무이 김치찌개가 젤로 맛 있다 안 카나!"

강동원과 한문혁은 비로소 예전처럼 웃고 떠들며 식사를 즐겼다. 그리고 건물 1층에 위치한 커피숍으로 자리를 옮겼다.

"뭔 집은 왕따시 만큼 넓드만, 암 것도 없노. 진짜."

"이사한 지 얼마 안 됐으니까 그렇지."

"됐고, 그래서 할 말이 뭔데?"

"아, 그거?……."

강동원은 한동안 뜸을 들이더니 말했다.

"같이 미국 가자!"

"응? 인마 지금 뭐라카노."

"나랑 미국 가자고. 같이."

"치아라! 내가 무신 미국이고."

"너 하는 거 보고 있으면 내가 다 안타까워서 그래."

강동원 딴에는 어렵게 말을 꺼낸 것이었다. 하지만 한문혁은 한동안 입을 열지 않았다. 그러다 커피 잔을 내려놓고 살짝 미소를 지었다.

"됐다 고마."

"아니야. 너 미국 가면 분명히 성공할 수 있어. 너 수비 잘하는 건 내가 잘 알잖아. 그러니까……."

"말은 고맙데이, 근데 내는 그런 거 필요 읎다."

"문혁아……."

강동원이 다시금 한문혁을 불러댔다. 그러자 장난기 가득하던 한문혁의 얼굴이 사뭇 진지한 표정으로 변해갔다.

"동원아, 내는 있잖냐. 자이언츠에서 같이 뛰잔 약속 못 지킨 건 미안하게 생각하고 있다."

강동원은 한문혁이 그새 커피 잔을 비워 버린 것을 확인했다. 그러고는 냉큼 일어나 더 주문하려는 것을 한문혁이 손사래 저었다.

"괜찮다꼬. 그리고 내는 지금 다이노스 있는 것도 나쁘지 않다 안 켔나. 내 농담이 아니라 꼭 열심히 해가 살아남을 끼니까. 니도 걱정 마라, 알것나!"

한문혁이 자신만만하게 말했다. 그러자 강동원도 더 이상 미국에 가자고 말을 꺼내지 못했다.

"그래, 알았다. 내년엔 꼭 TV에서 봤으면 좋겠다."

"후후후, 그라모!"

강동원과 한문혁은 기분 좋게 커피를 마시고 가게에서 나왔다.

그로부터 일주일 뒤.

강동원은 다시금 미국행 비행기를 타기 위해 인천 공항으로 향했다.

"후우, 다시 미국이구나."

강동원은 짙은 선글라스를 쓰고 검은색 슈트를 한껏 차려입고 공항 안으로 들어섰다. 그 뒤를 박동휘가 따라 걸었다.

"워, 무슨 슈퍼스탄 줄 알았다."

"이게 바로 남자의 공항 패션 아니겠습니까."

"허허, 그래."

박동휘는 어이가 없다는 듯 강동원을 쳐다보았다. 이내 비행기 시간을 확인하고 작별 인사를 나눴다.

"잘 가고. 이번엔 같이 못 가서 미안하다."

"아냐, 됐어. 내가 꼬맹이도 아니고. 구단 관계자가 나온다고 했으니까 형은 걱정 마셔."

"그래……."

박동휘는 그리 말을 했지만 미안한 표정이 역력했다.

대표 팀에 승선될 가능성이 높다는 소식이 전해지면서 강동원에게 적잖은 CF 제의가 들어왔다.

하지만 최종 엔트리가 발표된 다음 날, 미팅이 취소되는가 하면 기업들의 연락도 뚝 끊겨 버렸다. 그렇게 모든 계약이 물 건너갔다.

박동휘는 에이전트로서 계약을 따내지 못한 것이 내심 미안한 눈치였다. 강동원도 그런 박동휘의 마음을 알고 있는지 웃어넘겼다.

“스프링 캠프 가서 꼭 선발 따낼 거니까, 기대하고 있어요. 뉴스 꼬박꼬박 확인하고. 알았죠?”

“알았다. 강동원 파이팅!”

“엄마한테도 기대해 달라고 전해 줘.”

강동원은 그 말만 남기고 출국장으로 걸음을 돌렸다. 박동휘는 미소 지으며 손을 흔들어주었다.

‘두고 봐. 날 뽑지 않은 걸 후회하게 만들어줄 테니까.

강동원은 속으로 다짐했다. 그러고는 결의에 찬 표정으로 당당하게 게이트를 넘어섰다.

# 29장
# 마이웨이

# 1

퍼엉!

실내 연습장을 쩌렁하게 울리는 공 소리가 들려왔다. 그때마다 다른 선수들은 반사적으로 고개를 돌렸다.

모두의 시선이 향한 곳.

그곳에서 강동원이 땀에 흠뻑 젖은 채 서 있었다.

"후우……."

CF 촬영이 전면 취소되면서 강동원은 일정보다 일찍 귀국해서 개인 훈련에 매진하고 있었다.

후앗!

강동원이 공을 던질 때마다 벽에 걸린 그물망이 들썩거렸다. 본래라면 포수를 세워두고 공을 던져야겠지만 아직 원하는 무브먼트가 나오지 않아서 그물망으로 포수를 대신했다.

"이것도 아니야."

예상보다 밋밋하게 날아간 공을 지켜본 뒤 강동원은 다시 바구니에서 공을 꺼내 손에 쥐었다. 그러고는 비스듬하게 세워진 그물망을 향해 힘껏 공을 던졌다.

미국으로 돌아오면서 강동원은 확실한 목표를 세웠다. 올해 스프링 캠프에서 자신의 실력을 보여주고 선발 투수로 메이저리그에 머무는 것이었다.

메이저리그에서 선발 투수로 살아남기 위해 강동원이 생각한 것은 두 가지였다.

하나는 커브를 조금 더 확실하게 다듬는 것.

강동원은 낙차가 큰 일반 커브와 변형된 파워 커브를 병행해서 사용하고 있었다.

작년 마이너리그에서 강동원은 커브를 가다듬는 데 주력했다. 덕분에 메이저리그에서도 커브만큼은 확실히 인정받을 수 있었다.

하지만 고작 한 시즌 타자들에게 위압감을 준 정도로는 만족스럽지가 않았다. 커브를 보다 확실한 무기로 만들기 위해서는 무브먼트를 보다 향상시킬 필요가 있어 보였다.

"아직이야. 이 정도로는 안 돼!"

강동원은 바구니에서 빼 든 공을 단단히 움켜쥐었다. 그리고 가상의 포수와 타자를 그린 뒤 그물망을 향해 힘껏 공을 내던졌다.

후앗!

강동원의 손끝을 빠져 나간 공이 마지막 순간에 뚝 하고 떨어져 그물망을 흔들었다.

"후우……."

강동원이 길게 숨을 내쉬었다. 메이저리그 전문가들조차 인정하는 커브였지만 강동원의 눈높이는 저만치 높아져 있었다.

커브 향상에 이어 강동원이 생각한 두 번째 목표는 구속을 끌어 올리는 것이었다.

특히나 강동원은 포심 패스트볼의 구속을 높일 생각이었다.

현재의 구속도 메이저리그에서 제법 빠른 축에 속했지만 여기서 2~3km/h만 구속을 끌어올린다면 커브와의 구속 차이를 좀 더 벌릴 수 있었다.

그렇게 된다면 타자가 느끼는 포심 패스트볼과 커브의 구속 차이도 훨씬 커질 터였다. 그리고 그 차이가 타자들의 타이밍을 빼앗는 마법을 부려줄 것이다.

2

강동원은 거의 24시간 손에서 야구공을 떼어놓지 않았다. 밥 먹을 때나 심지어는 화장실 갈 때도, 계속 공을 만지고 빙글빙글 돌려 손의 감각을 끌어 올렸다.

"그건 그렇고 오늘은 택배가 잘 왔으려나."

강동원은 악력기까지 주문해 쉬지 않고 손을 움직였다. 특히 조그마한 막대기에 끈을 묶어 그 끝에 아령을 매달아 손아귀의 힘만으로 아령을 끌어 올리는 운동은 무척이나 곤욕스러웠다. 조금만 방심하거나 무리해도 팔뚝이 끊어질 뜻한 고통이 느껴졌다.

"크아아!"

강동원은 그런 강화 운동을 쉬지 않고 꾸준히 반복했다. 그 결과 팔뚝의 힘줄이 금방이라도 튀어나올 것처럼 변했다.

"내가 원래 이 정도로 근육이 잘 붙던가?"

강동원은 달라진 자신의 몸을 거울에 비춰보며 스스로 감탄했다. 키와 몸무게는 그대로였다. 하지만 잔근육이 여기저기 붙어 남성스러움이 물씬 풍기는 몸으로 변해 있었다.

손아귀의 힘 또한 부쩍 올랐다. 일반 투수들의 손아귀 악력은 평균 70kg 정도였다. 그런데 강동원의 현재 오른손 악력은 거의 90kg에 육박하고 있었다.

"와, 이거 팔씨름 대회 나가도 다 이기겠는데?"

한손으로 사과를 두 쪽 내고, 호두 알을 까먹는 것쯤은 그냥 우스운 일이 되자 강동원도 자신감이 생겼다. 그 자신감은 자연스럽게 좋은 투구로 이어졌다.

"좋아, 좋아. 이대로만 가자."

강동원은 만족스러운 얼굴로 연습장에서 투구 폼을 다듬었다. 이대로 스프링캠프 때까지 계속 훈련해 몸을 끌어올릴 생각이었다.

2월이 되자 메이저리그에 대한 팬들의 갈망이 뜨겁게 치솟았다. 각 지역의 언론사들도 새 시즌을 대비해 각종 예상들을 쏟아냈다.

샌프란시스코 언론과 신문들도 올 시즌 25인 로테이션에 대한 예상을 뽑아보았다.

상당수의 신문사가 강동원이 메이저리그에 남을 것이라고 점쳤다. 작년 후반기에 보여준 실력만 유지한다면 최소 25인 로스터 안에는 합류할 거란 이야기였다.

하지만 보직에 있어서는 이견이 컸다. 선발을 예측하는 신문사도 있지만 그보다 많은 언론 매체가 불펜에서부터 시작

할 것이라고 전망했다.

그 이유는 선발로서 보여준 것이 많지 않고, 무엇보다 자이언츠의 선발 자원이 너무 풍부하기 때문이었다.

반면 강동원은 아직 젊고 경험이 부족했다. 그래서 일단 불펜에서 1, 2년 정도 뛴 다음에 선발 기회를 잡을 것이라 예상들이 주를 이루었다.

한국의 언론들도 메이저리그 언론을 따라 강동원의 선발 진입을 부정적으로 평가했다. 그러나 막상 뚜껑을 열자 예상과는 전혀 다른 결과가 튀어나왔다.

자이언츠의 브루스 보체 감독은 시범 경기 결과에 따라 누구든 선발이 될 수 있다고 공언을 하였다. 심지어 에이스인 메디슨 범가드너도 부진할 경우 선발 로테이션에서 빠질지 모른다며 으름장을 놓았다.

자연스럽게 선발 진입을 노리는 선수들의 경쟁이 뜨거워졌다. 시범 경기 초반부터 기회를 잡은 강동원도 7경기 등판해 3승 1패, 평균 자책점 1.54라는 호성적을 내었다.

등판 횟수부터 시작해 소화 이닝, 각종 기록들까지 시범 경기 성적으로 강동원을 앞선 투수가 단 한 명도 없을 정도였다.

그러자 브루스 보체 감독은 언론의 예상을 깬 선발 로테이션을 발표했다.

좋은 성적을 거두면 선발에 포함시키겠다는 약속대로 강동원의 이름을 자이언츠의 제5선발 자리에 올린 것이었다.

자이언츠 구단이 발표한 2017년 선발 로테이션은 다음과 같았다.

제1선발 메디슨 범가드너.

제2선발 제니 쿠에토.

제3선발 제이크 사마자.

제4선발 마크 케인.

제5선발 강동원.

에이스인 메디슨 범가드너를 빼고 나머지 선발 투수 모두 우완이었다.

그래서 샌프란시스코 언론은 가급적이면 좌완인 타일 블랙이 선발 로테이션에 합류하길 기대했다.

우투수 3명과 좌투수 2명이라는 이상적인 투수 구성이라면 그 어떤 팀을 만나더라도 좋은 경기를 펼칠 수 있다고 판단한 것이다.

실제 코칭스태프들도 강동원과 타일 블랙을 두고 고심이 많았다. 하지만 스프링 캠프 성적이 우선이라는 브루스 보체 감독의 원칙을 거스르지 못했다.

게다가 공교롭게도 지구 라이벌 구단 다저스는 5명의 선발 투수 중 무려 4명이 좌완이었다. 좌우 불균형이 심각했지만 다저스 역시 그대로 로테이션을 밀어붙였다.

잘 던지는 좌투수를 놔두고 밸런스를 위해 우투수를 억지로 끼워 넣을 수는 없었던 것이다.

자이언츠의 시즌 첫 경기는 다이아몬드백스와의 원정 4연전이었다. 일단 강동원은 벤치에서 경기를 지켜봤다. 5선발이기 때문에 다이아몬드백스전에 투입될 기회가 없었다.

시즌 첫 경기의 선발은 에이스인 메디슨 범가드너였다.

에이스가 나선 경기에서는 타자들의 집중력이 더욱 높아진다고 했던가. 자이언츠 타자들은 1회 초부터 메디슨 범가드너의 어깨를 가볍게 해주었다.

2사 주자 없는 상황에 타석에 들어선 3번 타자 비스트 포지가 펜스를 직격하는 좌월 2루타를 때려내며 팀의 첫 안타를 신고했다.

이어서 타석에 들어선 4번 타자 헌터 페이스가 우중간을 가르는 적시타를 때려내며 2루 주자 비스트 포지를 홈으로 불러들였다.

한 점을 안고 마운드에 오른 메디슨 범가드너는 다이아몬드백스의 1, 2, 3번 타자를 전부 범타로 돌려세웠다.

1번 타자를 1루수 땅볼 아웃.

2번 타자는 헛스윙 삼진.

3번 타자는 유격수 땅볼로 처리하며 깔끔하게 이닝을 끝마쳤다.

이후에도 메디슨 범가드너는 흔들림이 없었다. 2회 1사 후 주자를 내보내며 한 차례 위기가 있었지만 후속 타자를 땅볼로 유도하며 더블플레이로 이닝을 마쳤다.

3회에는 두 번째 삼자범퇴가 나왔다. 7번 타자를 중견수 플라이 아웃으로 아웃시킨 뒤 8번 타자를 루킹 삼진으로 돌려세웠다.

9번 타순에 들어선 투수 또한 루킹 삼진으로 잡아내며 에이스의 투구가 무엇인지를 똑똑히 보여주었다.

4회에는 비스트 포지의 솔로 홈런이 터지면서 자이언츠가 두 점 차이로 점수를 벌렸다.

하지만 다이아몬드백스도 당하고만 있지 않았다. 완벽에 가까운 피칭을 이어가던 메디슨 범가드너를 두드려 연속 안타를 때려낸 것이다.

무사 주자 2, 3루 상황에서 후속 타자가 깊숙한 유격수 땅볼을 치면서 3루 주자가 홈을 밟았다. 그리고 이것이 메디슨 범가드너의 유일한 실점이었다.

이후 양 팀은 공방을 주고받았지만 끝내 점수는 나지 않았다.

결국 9회까지 완투한 메디슨 범가드너의 승리로 돌아가면서 자이언츠는 시즌 첫 경기에서 승을 신고할 수 있었다.

다음 날. 자이언츠와 다이아몬드백스 간의 2차전에 열렸다.

자이언츠의 선발 투수는 우완 제니 쿠에토.

제니 쿠에토도 4회까지 무실점 호투를 펼쳤다. 매 이닝 주자를 내보내며 실점 위기를 자초하긴 했지만 그때마다 더블플레이를 유도하거나 삼진을 잡아내며 스스로 위기를 이겨내 버렸다.

덕분에 2차전에서도 선취점은 자이언츠의 몫이었다.

따악!

에두아르 누네스의 좌월 솔로 홈런으로 0 대 0의 균형을 깨뜨린 것이다.

제니 쿠에토는 6회까지 무실점으로 다이아몬드백스 타선을 틀어막고 마운드에서 내려갔다. 이후 양 팀은 불펜 싸움에 접어들었다.

만만찮은 타력을 자랑하는 팀답게 자이언츠와 다이아몬드백스는 번갈아 득점 기회를 만들며 상대를 압박했다.

하지만 다이아몬드백스는 번번이 득점에 실패한 반면 자이언츠는 8회 다시 한 점을 더 뽑아내며 2 대 0으로 승리를 거두었다.

시리즈 스코어 2 대 0으로 앞서 나가기 시작한 자이언츠는 내심 위닝 시리즈를 기대했다.

3차전에 선발로 내정한 제이크 사마자와 4차전 선발 마크 케인, 둘 중 한 명 정도는 다이아몬드백스를 잡아줄 것이라고 계산한 것이다.

하지만 안타깝게도 제이크 사마자와 마크 케인 두 선발 모두 패전을 기록하면서 시즌 첫 원정 4연전 결과는 2승 2패로 끝이 났다.

"3차전을 잡았어야 했어."

시리즈가 끝난 이후 브루스 보체 감독은 3차전을 머릿속에 떠올렸다. 5회까지 무실점으로 잘 던지던 제이크 사마자가 흔들린 건 유격수의 실책으로 주자가 출루하면서부터이다.

이후 주자에 지나치게 신경을 쓰다 후속 타자에게 통한의 홈런을 맞았다. 이후 제구 불안으로 투구 수가 급격히 증가하면서 6회를 채우지 못하고 강판당하고 말았다.

제이크 사마자가 마운드 위에서 고군분투하는 동안 자이언츠 타자들은 한 점도 뽑아주지 못 했다.

그 결과 3차전을 다이아몬드백스에게 허무하게 내주고 말았다.

3차전의 여파는 4차전으로 이어졌다. 4차전 선발 투수였던 마크 케인이 3회에 와르르 무너지면 일찍 감치 경기가 다이아몬드백스 쪽으로 기울었다.

물론 원정에서 2승 2패면 나쁘지 않은 결과였다. 하지만 2연승을 한 뒤에 2연패를 했기에 팀 분위기는 그다지 좋지가 않았다.

그나마 다행인 것은 이어지는 시리즈가 자이언츠 홈 3연전이라는 점이었다.

그리고 1차전 선발로 강동원이 출격하게 됐다.

강동원의 2017년 첫 상대 팀은 지구 라이벌 파드리스였다.

4

경기 당일.

"후! 후!"

강동원은 새벽부터 나와 러닝으로 몸을 풀었다. 매번 같은 코스를 뛰는 것이지만 오늘은 의미가 달랐다. 쉴 새 없이 굴러가는 메이저리그 일정을 소화하기 위해선 체력이 필수였다.

메이저리그를 풀타임으로 소화하기 위한 첫 걸음. 그 첫 시작이 오늘 경기에 달려 있었다.

"후우……."

그렇게 러닝을 마치며 강동원은 천천히 숨을 골랐다. 땀을 한차례 쫙 빼고 나니 몸도 마음도 한결 가벼워진 느낌이었다.

"그래도 홈경기라 그런지 긴장감은 덜하네."

강동원은 높이 솟은 콜라병을 위안 삼아 기지개를 켰다. 그러자 저만치서 강동원을 알아본 팬들이 손을 흔들어보였다.

"네, 제가 강동원입니다. 오늘 꼭 이길 테니까 너무 걱정하지 마세요."

현재 자이언츠는 2연패의 늪에 빠져 있었다. 다저스와의 지구 선두 싸움을 위해서라도 오늘 반드시 승리가 필요한 상황이었다.

"경기는 저녁 6시부터 인가?"

강동원은 든든히 식사를 마친 뒤 다시 스트레칭을 시작했다. 경기 시작 전까지 최대한 몸을 부드럽게 만들어 놓을 생각이었다.

그리고 어느 덧 경기 시간이 다가왔다.

오후 4시부터 자이언츠 파크에는 많은 관중이 몰려들었다.

주변 경치가 아름답기로 소문난 자이언츠 파크답게 경기장 밖까지 인파가 끊이질 않았다.

오늘도 스플래시 히츠(자이언츠 선수가 때려낸 홈런이 자이언츠 파크 뒤쪽의 샌프란시스코 만에 빠지는 것)를 기대하는 사람들은 카약과 요트까지 챙겨 맥코비 만에서 대기를 하고 있었다.

"어흐, 춥다. 동부는 아직도 눈이 내린다던데 샌프란시스코 날씨도 만만찮네."

추위에 민감한 관중 한 명이 혼잣말처럼 중얼거렸다. 아직 뿌연 입김이 보일 정도로 날씨는 쌀쌀한 편이었다.

하지만 자이언츠 홈경기를 기다려 온 팬들은 오히려 추위를 즐기는 분위기였다.

경기 시작 한 시간 전.

"아직도 쌀쌀하네. 공 던질 때 조심해야겠어."

강동원은 샤워를 마치고 나와 뜨거운 홈구장의 열기를 온몸으로 만끽하고 있었다. 그때 한국 사람으로 보이는 앳된 커플 한 쌍이 다가와 말을 걸었다.

"어머, 혹시 강동원 씨 아니세요?"

"아, 네. 안녕하세요."

"이런 데서 뵙게 되다니 영광입니다. 팬이에요."

강동원은 먼 타지에서도 자신을 알아주는 팬들이 있다는 사실에 감격스러웠다. 강동원은 기쁜 마음으로 사인 요구에 응하고, 사진까지 찍어 그들을 돌려보냈다.

"사이 좋아 보이네. 부럽다……."

강동원은 사라지는 커플의 뒷모습을 부러운 눈으로 지켜보았다.

과거 부산 자이언츠 시절에는 정말 원 없이 여자들을 만나고 다녔었는데. 메이저리그 2년 차임에도 불구하고 주변에 여자 사람 친구조차 없다는 사실이 서글프기만 했다.

하지만 그렇다고 해서 부산 자이언츠 시절과 지금의 자이언츠 시절을 맞바꿀 생각은 눈곱만큼도 없었다.

“조금 더 몸을 달구자.”

강동원은 운동장을 두 바퀴 정도 더 돌았다. 그리고 유니폼을 갈아입기 위해 클럽하우스로 향했다.

로커 룸에 들어서자 역시나 비스트 포지가 가장 먼저 반겨주었다.

“강, 컨디션은 좀 어때?”

“생각보다는 괜찮아요.”

“다행이네. 홈 개막전이라 아무래도 부담되겠지만 편안하게 던지라고. 알았지?”

비스트 포지가 강동원의 어깨를 가볍게 두드렸다. 그 뒤로 몇몇 동료가 다가와 강동원을 격려했다.

다들 대놓고 말을 하진 않았지만 강동원이 호투해 주길 바라는 눈치였다. 지난해 세 경기 연속 선발승을 거두던 그 기세대로 홈 개막전을 꼭 잡아주길 바랐다.

강동원도 오늘 경기에서 패배할 생각은 전혀 없었다.

"이제부터 시작이야, 강동원."

자신의 등번호가 박힌 유니폼에 머리를 끼워 넣으며 강동원이 단단히 마음을 먹었다.

5

경기 시작 30분 전.

선수들이 하나둘 운동장에 모습을 드러냈다. 강동원도 일찍이 나와 백업 포수에게 가볍게 토스하며 어깨를 풀었다.

'저 선수가 파드리스 쪽 투수인가?'

강동원이 힐끔 고개를 돌려 상대 투수를 확인했다. 파드리스 유니폼을 입은 덩치 큰 백인 사내가 천천히 스트레칭을 하고 있었다.

88년생은 폴 클레멘트는 파드리스 투수 중에서도 제법 노장에 속한 인물이었다. 그리고 그만큼 경험이 풍부해서 경기 운영 능력이 좋다는 평가를 받고 있었다.

가볍게 몸풀기를 마친 강동원은 다시 더그아웃으로 들어가 마운드에 오를 준비를 했다.

그사이 각종 행사가 빠르게 이어졌다. 오늘 전국 중계를 맡은 ESPM 방송사도 생생한 중계를 위해 각종 장비 세팅에 박차를 가했다.

—오늘 자이언츠의 선발은 슈퍼 루키 강동원입니다. 작년 9월에 메이저리그에 올라온 이후 인상 깊은 투구를 선보였는데요. 자이언츠의 5선발로 이번 시즌을 시작하게 됐습니다.

—네, 그렇습니다. 말씀하신 것처럼 로스터 확장 때 올라와 제법 준수한 성적을 거두었습니다. 그 덕분에 포스트시즌도 경험하게 됐죠.

—지난번 시범 경기에서 강의 투구를 본 적이 있습니다. 그때 강은 정말 최고였습니다. 뭐랄까 커브가 한층 더 강화된 느낌이었습니다.

—하하, 그렇습니까? 사실대로라면 오늘 경기 기대해 봐도 좋을 것 같네요.

—네. 하지만 강, 오늘은 평소보다 더 열심히 해야 할 필요가 있을 것 같습니다. 대부분의 구단이 5선발에게 큰 인내심을 갖지 않으니까요.

—저도 그렇게 생각합니다. 만약에 시즌 초반의 성적이 좋지 않으면, 선발 로테이션에서 탈락할 가능성도 배제하기 어려울 것 같습니다.

—강에게 밀렸지만 자이언츠에는 타일 블랙이라는 수준급

의 좌완 투수가 있습니다. 그리고 노장 제이스 피비도 아직 선발로 뛸 수 있습니다.

–그래도 바꿔 말하자면 강은 그런 쟁쟁한 선수들을 제치고 5선발 자리를 차지한 것일 테니까요. 조금 기대를 해보아도 좋을 것 같습니다.

중계진이 강동원에 대해 이런 저런 평가들을 늘어놓는 사이 준비를 마친 강동원도 글러브와 모자를 쓰고 더그아웃을 나섰다.

그때 브루스 보체 감독이 강동원에게 다가와 격려의 말을 건넸다.

"헤이, 강!"

"네, 감독님."

"하하. 긴장하지 말고 편안하게 던져! 알았지?"

"네, 알겠습니다."

"설사 오늘 경기에서 패배하더라도 괜찮아. 난 너의 가능성을 믿으니까."

브루스 보체 감독이 진심으로 말했다. 언론에서는 강동원을 불확실한 도박쯤으로 여겼지만 브루스 보체 감독은 올 시즌 시작 전부터 강동원을 자이언츠 선발진의 히든카드로 생각하고 있었다.

"감사합니다, 감독님."

강동원이 씩 웃었다. 통역이 옆에 없어서 모든 말을 알아듣진 못했지만 대충 자신을 독려하려는 것쯤은 짐작이 갔다.

"후우……."

길게 숨을 내쉬며 강동원은 한결 가벼워진 발걸음으로 마운드로 향했다.

자이언츠 파크의 마운드는 여전히 딱딱했다. 하지만 강동원은 그 딱딱한 마운드가 너무나도 마음에 들었다.

강동원이 마운드에 오르자 관중들이 웅성거리기 시작했다. 일부 관중들은 강동원에게 큰 소리로 환호성을 내질렀다.

그러나 지금 이 순간, 강동원에게 필요한 건 요란스러운 응원이 아니었다.

"집중하자……."

강동원이 주문을 외듯 마음속으로 중얼거렸다. 그러자 주위의 소란스러웠던 것들이 잠시 사라졌다.

마음을 다잡은 강동원이 맞은편에 앉은 비스트 포지를 바라봤다. 비스트 포지도 강동원을 향해 씩 웃어 보이고는 마스크를 쓰고 포수석에 앉았다.

"제법인데? 이제 더 이상 루키라고 놀리지 못하겠는걸?"

비스트 포지는 만원 관중 앞에서 조금도 위축되지 않는 강동원이 대견스러웠다. 대부분의 신인 투수는 시즌 첫 경기에 긴장한 나머지 크고 작은 실수를 반복하는데 적어도 강동원은 그럴 것 같지 않았다.

그렇게 연습 투구가 끝이 나고.

"플레이볼!"

심판의 콜과 함께 경기가 시작되었다.

파드리스의 1번 타자는 트레비스 얀키우스키였다. 91년생. 우투좌타로 파드리스의 공격을 이끌고 있었다.

쓱. 쓰윽.

천천히 타석을 고르며 트레비스 얀키우스키는 에디 그린 감독이 한 말을 떠올렸다.

'트레비스, 자이언츠의 강은 아직 루키에 불과해. 그러니까 침착하라고. 스트라이크만 공략해도 충분해. 무리하게 방망이를 휘두를 필요가 없다는 말이야. 내 말 알아들었나?'

트레비스 얀키우스키는 에디 그린 감독의 지시를 다시 한 번 곱씹었다. 그리고 천천히 방망이를 들어 올렸다.

"후우……."

강동원은 긴장을 풀기 위해 길게 숨을 내쉬었다. 그러면서 비스트 포지의 사인을 기다렸다.

비스트 포지의 초구 사인은 바깥쪽 포심 패스트볼이었다. 일단 공 하나 정도를 바깥쪽으로 빼내어 트레비스 얀키우스키의 노림수를 확인하겠다는 계산이었다.

강동원은 가볍게 고개를 끄덕였다. 그리고 힘차게 왼 다리를 들어 올린 뒤 있는 힘껏 투구판을 박차고 나갔다.

후앗!

강동원의 손끝을 빠져 나간 공이 홈 플레이트를 향해 빠르게 날아갔다. 그러고는.

퍼엉!

굉음을 내며 미트 속으로 빨려 들어갔다.

"스트라이크!"

구심이 망설이지 않고 오른팔을 들어 올렸다. 홈 플레이트를 살짝 벗어나긴 했지만 자신이 설정해 놓은 스트라이크 존은 통과했다고 판정한 것이다.

"좋았어."

초구를 스트라이크로 잡아 낸 강동원은 여유롭게 다음 투구를 이어갔다.

비스트 포지의 2구 사인은 바깥 쪽 슬라이더였다. 강동원은 가볍게 고개를 끄덕인 뒤 바깥쪽을 향해 빠르게 공을 내던졌다. 하지만 트레비스 얀키우스키도 이번엔 가만있지 않았다.

따악!

트레비스 얀키우스키의 방망이가 매섭게 돌아갔다. 그러나 거의 백도어성으로 홈 플레이트를 파고든 슬라이더를 방망이 중심에 제대로 맞히는 데는 실패했다.

방망이 끝에 걸린 타구는 그대로 3루 파울라인을 벗어났다.

그렇게 볼카운트가 투 스트라이크 노 볼로 변했다.

'이제 어떻게 할까요? 포지.'

강동원이 로진 가루를 불어내며 비스트 포지를 바라봤다. 공 하나 정도 뺄지, 아니면 곧바로 승부를 걸지는 비스트 포지의 몫이었다.

'뭘 기다려? 그냥 바로 삼진 가자!'

비스트 포지는 기다렸다는 듯이 커브 사인을 냈다.

코스는 몸 쪽.

커브로 꼼짝 못하게 만들자는 이야기였다.

"역시, 포지라니까."

사인을 확인한 강동원이 씩 웃었다. 지난해 잠깐 호흡을 맞췄을 뿐인데도 비스트 포지는 마치 강동원의 생각을 꿰뚫고 있는 듯했다.

강동원은 비스트 포지와 호흡이 잘 맞는 것 같아 무척 마음에 들었다.

"좋아, 그럼 가 볼까?"

글러브 안에서 그립을 고쳐 잡은 뒤 강동원이 천천히 다리를 들어 올렸다. 그리고 트레비스 얀키우스키의 몸 쪽에 붙어 앉은 비스트 포지의 미트를 향해 힘차게 공을 내던졌다.

후앗!

강동원의 손끝을 빠져 나간 공이 몸 쪽으로 날아들었다. 트레비스 얀키우스키는 그 공을 포심 패스트볼이라 여겼다. 그래서 망설이지 않고 방망이를 내돌렸다. 하지만.

"어라?"

빠르게 날아들던 공은 홈 플레이트 앞에서 멈칫하더니 이내 뚝 떨어졌다.

후웅!

덕분에 트레비스 얀키우스키의 방망이는 크게 허공을 가르고 말았다.

"쳇!"

트레비스 얀키우스키가 입술을 깨물며 몸을 돌렸다. 설마 하니 그런 코스로 커브가 날아들 줄은 예상하지 못한 모양이었다.

반면 비스트 포지는 자신이 원하는 코스로 정확하게 날아든 공에 절로 기분이 좋아졌다.

"나이스 볼!"

비스트 포지가 크게 소리치며 공을 건넸다.

그사이 타석에 2번 타자 얀게르비스 솔라테가 들어섰다.

87년생이자 스위치히터인 얀게르비스 솔라테는 강동원을 의식해 좌타석에 들어섰다. 그것도 홈 플레이트에 바짝 붙어 서서 강동원을 압박했다.

'그렇다면…….'

비스트 포지는 곧장 몸 쪽 패스트볼 사인을 냈다. 얀게르비스 솔라테가 바깥쪽에 초점을 두고 있을 테니 몸 쪽을 찔러 넣어 볼카운트를 잡자는 이야기였다.

강동원은 비스트 포지가 요구한 대로 힘차게 공을 던졌다.

후앗!

강동원의 손끝을 빠져 나간 공이 순식간에 홈 플레이트 위를 스쳐 지나 비스트 포지의 미트 속에 파묻혔다.

퍼엉!

엄청난 포구 소리가 경기장을 뒤흔들었다. 뒤이어 전광판에 98mile/h(≒157.7km/h)이라는 숫자가 찍혔다.

"깊지 않았어요?"

몸 쪽 공에 화들짝 놀라며 허리를 뒤로 빼냈던 얀게르비스 솔라테가 당황한 얼굴로 구심을 바라보았다. 그러자 구심이 대답 대신 가볍게 고개를 끄덕였다.

누가 봐도 꽉 찬 스트라이크에 의심을 품는다는 건 자신의 판단을 흔들어 놓겠다는 소리로밖에 들리지 않았다.

"젠장."

얀게르비스 솔라테가 질근 입술을 깨물며 타석에 들어섰다. 그러면서 아직 사라지지 않은 전광판의 숫자를 확인했다.

몸 쪽으로 파고드는 포심 패스트볼의 움직임은 생각보다 빠르고 날카로웠다.

다시 그 공이 들어온다 해도 방망이 중심에 제대로 맞혀낼 수 있을지 확신이 들지 않을 정도였다.

'바깥쪽, 바깥쪽으로 들어와라.'

얀게르비스 솔라테는 2구째 바깥쪽 코스로 공이 들어오길 바랐다. 하지만 강동원의 손끝을 빠져 나간 공은 또다시 낮게 깔린 채 몸 쪽으로 날아들었다.

'젠장!'

얀게르비스 솔라테가 반사적으로 방망이를 휘둘렀다.

딱!

손잡이 부분에 아슬아슬하게 걸린 타구가 그대로 1루 파울라인 밖으로 굴러 나갔다.

"후우……."

타석에서 빠르게 벗어나며 얀게르비스 솔라테가 숨을 골랐다.

초구와 2구. 몸 쪽으로 두 개의 포심 패스트볼이 들어왔다. 그렇다는 건 유인구가 들어올 차례라는 소리였다.

'기다리자. 이건 무조건 볼이야.'

다시 한번 숨을 고른 뒤 얀게르비스 솔라테가 타석에 들어왔다. 하지만 그런 얀게르비스 솔라테의 생각이 읽힌 것일까.

후앗!

강동원의 손끝을 빠져 나간 공이 큰 포물선을 그리고는.

퍼억!

바깥쪽으로 빠져 앉은 비스트 포지의 미트에 정확하게 파고들었다.

얀게르비스 솔라테는 움찔하며 방망이를 쥐고만 있었다. 공은 느렸지만 타이밍을 빼앗겨서 감히 방망이를 내돌릴 수조차 없었다.

이 상황에서 얀게르비스 솔라테가 기대할 수 있는 건 구심의 판정뿐이었다. 하지만.

"스트라이크 아웃!"

구심은 더 볼 것도 없다며 오른팔을 내돌렸다.

"뭐라고요?"

얀게르비스 솔라테는 말도 안 된다며 구심을 노려보았다. 그러자 구심이 미간을 찌푸리더니 확실하게 스트라이크존을 통과 했다고 말했다.

"빠졌잖아요. 이걸 어떻게 쳐요?"

"메이저리그 레벨의 선수라면 누구나 칠 수 있는 공이었어."

"크윽!"

메이저리그 운운에 얀게르비스 솔라테가 벌게진 얼굴로 더그아웃으로 몸을 돌렸다.

"강! 이 자식! 장난 아닌데?"

"저 녀석 루키 맞아? 두 타자 연속 3구 삼진이라고!"

"강! 너무 멋져! 나랑 결혼하자!"

강동원이 트레비스 얀키우스키에 이어 얀게르비스 솔라테까지 3구 삼진으로 돌려세우자 관중석에서 열렬한 환호가 터져 나왔다.

그러나 강동원은 여유롭게 로진백을 주물렀다. 마치 이 정도쯤은 아무것도 아니라는 것처럼 말이다.

강동원을 대수롭지 않게 봤던 ESPM 중계진도 예상과 다른 경기 전개에 흥분을 감추지 못했다.

―강! 파드리스의 까다로운 테이블 세터를 연속 삼진으로 돌려 세웁니다.

―포심 패스트볼과 커브. 어쩌면 단순한 조합인데요. 트레

비스 얀키우스키는 물론이고 얀게르비스 솔라테도 꼼짝을 하지 못했습니다.

—자이언츠 팬들. 루키의 호투에 환호하고 있습니다.

—아무래도 두 타자 연속 3구 삼진이니까요.

—그런데 강도 관중들이 열렬한 응원을 펼치고 있단 사실을 알고 있을까요?

—모를 리가 없겠죠. 아마 지금쯤 관중들의 환호성에 심장이 터질 듯 쿵쾅거릴 겁니다.

중계진의 말이 떨어지기가 무섭게 중계 카메라가 마운드에 서 있는 강동원을 비췄다. 하지만 정작 강동원은 관중들의 환호를 듣지 못하는 눈치였다. 그저 경기에 집중한 채 매서운 눈으로 비스트 포지와 사인을 주고받았다.

"뭐야, 저 녀석. 태연하잖아?"

괜히 멋쩍어진 촬영 기사가 관중석 쪽으로 카메라를 돌렸다. 그때 어깨가 다 드러나는 원피스 차림의 여성이 강동원에게 키스 마크를 날려 보냈다.

—어라? 방금 보셨나요? 상당히 낯이 익은 얼굴이 카메라에 잡혔는데요.

—네, 아마 모델 겸 배우 애슐린 피어스가 아니었나 싶습

니다. 얼마 전, 구글 미모 투표에서도 당당히 1등을 차지했었죠.

–자이언츠의 열성 팬이라더니 직접 구장에 찾아온 모양입니다.

–혹시 모르죠. 강을 보기 위해 온 것인지도요.

–하하. 확실히 강은 동양인치고 키도 크고 사내답게 생겼습니다. 여성팬들에게 인기가 많을 것 같은데요.

–그래도 애슐린 피어스라면 잡아야죠. 아마 오늘 경기가 끝나면 강이 먼저 애슐린 피어스의 SNS에 글을 남기지 않을까 싶습니다.

ESPM 중계진이 잠시 호들갑을 떤 사이 타석에 3번 타자 알렉스 디커슨이 들어왔다.

"이번에도 좌타자네."

알렉스 디커슨이 좌타석에 들어서자 강동원이 살짝 미간을 찌푸렸다.

우완 투수로서 아무래도 우타자보다는 좌타자를 상대하는 게 까다로웠다. 던지는 대부분의 구종이 좌타자의 몸 쪽으로 향하는 습성이 있기 때문이었다.

하지만 비스트 포지는 전혀 신경 쓸 것 없다며 가볍게 미트를 두드렸다.

"신경 쓰지 마, 강. 너를 믿고 던지라고."

비스트 포지는 초구에 바깥쪽 공을 요구했다.

구종은 포심 패스트볼.

스트라이크존의 경계에 걸치는 아슬아슬한 코스였다.

강동원이 고개를 끄덕인 후 있는 힘껏 공을 던졌다.

후앗!

강동원의 손끝을 빠져 나간 공이 한복판을 지나 바깥쪽으로 흘러 나갔다. 그러자 알렉스 디커슨이 망설이지 않고 방망이를 내돌렸다.

따악!

방망이 끝 부분에 걸린 타구가 뒤쪽으로 높게 떠올랐다.

"비켜!"

비스트 포지는 곧장 마스크를 벗어 던지고 재빨리 타구를 쫓았다. 하지만 생각보다 높게 치솟은 공은 마지막 순간에 그물망에 걸리면서 백네트 앞쪽으로 떨어져 버렸다.

"쳇, 잡을 수 있었는데."

비스트 포지가 땅에 떨어진 마스크를 털어내면서 아쉬워했다. 반면 조마조마한 눈으로 타구를 지켜봤던 알렉스 디커슨은 안도의 한숨을 내쉬었다.

다시 포수석으로 돌아온 비스트 포지는 2구째 바깥쪽으로 흘러 나가는 체인지업을 요구했다. 초구에 알렉스 디커슨이 반응한 만큼 이번에도 방망이를 내돌릴 것이라 기대했다.

아니나 다를까.

후앗!

강동원이 내던진 공이 또다시 바깥쪽으로 향하자,

"어딜!"

알렉스 디커슨이 이번에도 망설이지 않고 방망이를 내돌렸다.

하지만 초구보다 공 두 개 정도 빠져 나간 공을 방망이에 제대로 맞혀내기란 불가능에 가까웠다.

따악!

방망이 끝에 걸린 타구가 데굴데굴 굴러 유격수 브래드 크로포트의 정면으로 굴러갔다.

브래드 크로포트는 조금 앞쪽으로 달려 나가 공을 받아 들었다. 그리고 곧바로 1루로 송구해 알렉스 디커슨을 잡아냈다.

"아웃!"

1루심의 콜과 함께 세 번째 아웃 카운트가 만들어졌다.

"후우……."

강동원이 길게 숨을 고르며 마운드를 내려왔다.

세 타자를 상대하면서 던진 공은 단 8개에 불과했다.

"잘했어, 강!"

"어이, 애송이! 시범 경기 때보다 공이 매서운데?"

강동원이 너무나 깔끔하게 이닝을 막아내자 동료들이 달려와 엉덩이를 두드려 주었다. 그러는 동안 파드리스 선수들이 빠르게 운동장 밖으로 뛰어나왔다.

그리고 잠시 후. 자이언츠의 1회 말 공격이 시작됐다.

파드리스 선발 투수 폴 클레멘트가 큰 걸음걸이로 마운드에 올랐다. 확실히 키가 커서일까. 고작 연습구를 던지는 것뿐인데도 느낌이 사뭇 달랐다.

"역시 나보다는 훨씬 여유롭구나."

강동원도 얼굴을 닦다 말고 폴 클레멘트의 투구를 감상했다.

퍼엉!

폴 클레멘트의 투심 패스트볼 구속은 평균 93mile/h(≒149.7km/h) 정도였다. 대부분의 투수가 포심 패스트볼을 주로 던지는 반면 폴 클레멘트는 투심 패스트볼을 주 무기로 사용하는 편이었다.

"확실히 투심이 무브먼트는 좋은데."

강동원은 내년쯤 익힐 예정인 투심 패스트볼의 움직임을 유심히 살폈다.

같은 패스트볼 계열이지만 투심 패스트볼은 포심 패스트볼보다 확실히 무브먼트가 좋았다.

어떻게 잡고 던지느냐에 따라 전혀 다른 움직임이 만들어졌다.

그래서 한 방 능력을 갖춘 타자들조차 제대로 받아쳐 내기가 어려웠다. 제대로 스윙을 하지 못할 경우 속절없이 땅볼 타구가 나오곤 했다.

“나도 투구 수가 많은 편이니까. 가끔 투심으로 타자들을 맞혀 잡을 필요가 있겠어.”

강동원은 자신이 던질 투심 패스트볼을 상상해 보았다. 정확하게 머릿속에 떠오르는 이미지는 없지만 폴 클레멘트 정도만 던진다 해도 타자들을 충분히 괴롭힐 수 있을 것 같았다.

투심 패스트볼의 점검을 끝마친 폴 클레멘트는 체인지업과 커브, 그리고 포심 패스트볼을 던졌다.

“컨디션은 좋아 보이는데?”

연습 투구만 놓고 봤을 때 폴 클레멘트의 컨디션은 좋아 보였다. 구속을 떠나 움직임이 좋았고 포수의 포구 소리도 요란하게 울려 퍼졌다.

어쩌면 오늘 경기가 투수전 양상으로 갈지도 모른다는 불안한 생각이 들었다.

그때 비스트 포지가 방망이를 들고 자리에서 일어났다. 그러다 강동원과 눈이 마주치자 재빨리 통역에게 손짓하더니 동네 형처럼 말을 걸어왔다.

"강! 폴 클레멘트의 투구를 잘 봐두라고. 너처럼 빠른 포심 패스트볼이나 좋은 커브를 던지는 투수는 아니지만 투심 패스트볼을 적절히 사용해서 타자를 요리한다고."

"아, 네."

"그리고 나중에 타석에 들어선다면 조심해서 방망이를 돌리는 게 좋을 거야. 여차하면 빗맞은 타구가 발등을 때릴 테니까."

"으으……. 그건 엄청 아프겠는데요?"

"그러니까 잘 노리고 쳐야 해. 내가 때리는 걸 잘 보라고."

비스트 포지는 씩 웃으며 더그아웃 앞쪽으로 자리를 옮겼다. 그사이 폴 클레멘트는 마운드 정비를 끝내고 타자를 기다렸다.

잠시 후, 타석에 자이언츠의 1번 타자 다나드 스팬이 들어왔다.

파드리스의 포수 크리스티안 베탄코스가 조심스럽게 손가락을 건넸다.

초구 사인은 바깥쪽 투심 패스트볼이었다.

폴 클레멘트는 가볍게 고개를 끄덕인 뒤 투구판 위에 올라섰다. 그리고 있는 힘껏 공을 내던졌다.

후앗!

폴 클레멘트의 손끝을 떠난 공이 곧장 홈 플레이트 바깥쪽으로 날아갔다.

'빠진다!'

크리스티안 베탄코스는 팔을 쭉 내밀어 빠져 나가려는 공을 단단히 움켜쥐었다. 그러자 잠시 고심하던 구심이 오른팔을 들어 올렸다.

"스트라이크!"

"그렇지!"

폴 클레멘트의 입가로 한가득 웃음이 번졌다. 초구가 살짝 빠져나가는 느낌이라 걱정했는데 다행히도 크리스티안 베탄코스가 제대로 공을 받아주었다.

공을 돌려받은 뒤 폴 클레멘트가 기분 좋게 두 번째 사인을 기다렸다.

2구 사인은 커브였다.

폴 클레멘트는 크리스티안 베탄코스의 미트를 향해 힘껏 공을 던졌다.

후앗!

공은 느릿하게 날아들나가 마지막 순간에 홈 플레이트 안쪽으로 꺾여 들어갔다.

이에 움찔한 다나드 스팬이 방망이를 돌렸다. 하지만 공은 건드려 보지도 못한 채 허공만 가르고 말았다.

투 스트라이크 노 볼.

"젠장."

다나드 스팬의 표정이 굳어졌다.

타자에게 절대적으로 불리한 상황에서 폴 클레멘트가 힘껏 공을 내던졌다.

후앗!

3구는 몸 쪽에 바짝 붙는 투심 패스트볼이었다. 투 스트라이크에 몰려 있던 다나드 스팬은 어쩔 수 없이 방망이를 내돌리고 말았다.

따악!

빠르게 허리를 휘돌리며 타이밍을 맞춰봤지만 타구는 홈플레이트를 때린 뒤 그대로 파울라인을 벗어나 버렸다.

4구는 바깥쪽으로 투심 패스트볼이 날아왔다. 다나드 스팬은 움찔했지만 힘겹게 방망이를 참아냈다.

투 스트라이크 원 볼.

여전히 볼카운트는 투수를 향해 웃고 있었다.

"이제 슬슬 끝내야겠지."

크리스티안 베탄코스가 현란하게 손가락을 움직였다.

사인을 확인한 폴 클레멘트가 곧바로 투구판을 박차고 나갔다.

후앗!

폴 클레멘트의 손을 빠져나온 공이 큰 궤적을 그리며 거의 한복판으로 날아들었다. 하지만 포심 내심 포심 패스트볼을 노리고 있던 다나드 스팬은 제대로 타이밍을 맞추지 못했다.

"크윽!"

결국 낮게 떨어지는 커브에 헛스윙을 하며 다나드 스팬은 삼진으로 물러났다.

"젠장할!"

다나드 스팬은 얼굴을 구긴 채 더그아웃으로 돌아갔다.

"비스트 포지가 잘 보라고 했던 게 저런 거였나?"

강동원이 자신도 모르게 고개를 끄덕거렸다. 100mile/h(≒160.9km/h)을 넘나드는 빠른 공으로 타자를 윽박지르는 건 아니었지만 폴 클레멘트의 투구 요령은 확실히 인상적이었다.

무브먼트가 좋은 투심 패스트볼로 밀어붙인 뒤 커브로 타이밍을 빼앗으니 어지간한 타자들은 맥없이 당할 수밖에 없을 것 같았다.

폴 클레멘트가 잠시 로진백을 주무른 사이 타석에 2번 타자 아르헨 파건이 들어왔다.

크리스티안 베탄코스는 이번에도 초구에 바깥쪽 투심 패스트볼을 요구했다. 오늘 투심 패스트볼의 움직임이 좋으니 아르헨 파건도 쉽게 공략하지 못할 거라 여겼다.

폴 클레멘트도 가볍게 고개를 끄덕였다. 하지만 폴 클레멘트의 손을 빠져 나간 공은 스트라이크존을 크게 벗어나고 말았다.

"젠장, 너무 힘을 줬나."

폴 클레멘트가 입술을 깨물었다. 그러고는 2구째 가볍게 몸 쪽으로 투심 패스트볼을 붙여 넣었다.

퍼엉!

크리스티안 베탄코스가 기다렸다는 듯이 공을 받아 들었다.

"스트라이크!"

구심이 오른팔을 들어 올렸다. 아르헨 파건은 타석을 벗어나며 가볍게 고개를 흔들었다. 스트라이크가 되긴 했지만 좀처럼 때려내기 힘든 코스였다.

후앗!

원 스트라이크 원 볼 상황에서 3구 역시 투심 패스트볼이 날아들었다. 2구와 거의 비슷한 코스였다. 아르헨 파건이 꼼짝을 못 했으니 하나 더 찔러 넣은 모양이었다.

하지만 아르헨 파간도 또다시 당하고만 있을 생각이 없었다.

따악!

아르헨 파간이 이를 악물고 방망이를 내돌렸다. 그러나 방망이 손잡이 쪽에 맞은 타구는 그대로 파울라인을 벗어나고 말았다.

"쳇!"

타석에서 벗어난 아르헨 파건이 방망이로 스파이크를 툭툭 두드렸다. 몸 쪽 공을 받아치겠다고 용을 쓴 덕분에 스파이크에 가득 흙이 박혀 있었다.

"이제 슬슬 끝내보실까?"

아르헨 파건이 타석에 들어오자 폴 클레멘트는 기다렸다는 듯이 공을 내던졌다.

후앗!

4구는 바깥쪽으로 흘러 나가는 커브였다. 3구 연속 투심 패스트볼만 봤을 테니 아르헨 파건이 전혀 예상하지 못 할 거라 판단한 것이다.

하지만 아르헨 파건도 그냥 당하고 있진 않았다. 투심 패스트볼에 맞춰 나가던 허리를 최대한 지연시킨 뒤 어떻게든 방망이 중심에 공을 맞추려 노력했다.

따악!

나쁘지 않은 타이밍에 공과 방망이가 만났다. 그리고 높게 솟은 타구는 중견수 쪽으로 날아갔다.

중견수 트레비스 얀키우스키는 몇 발자국 뒤로 이동하고 자리를 잡더니 글러브를 높게 들어 올렸다. 그리고는 가볍게 공을 받아냈다.

"이제 포지 차례인가?"

폴 클레멘트의 투구를 놓치지 않고 지켜보던 강동원의 시선이 타석으로 향했다.

대기 타석에 들어서기 전 비스트 포지는 홈런을 치리라 호언장담하고는 나갔었다. 앞선 타자들의 타석을 지켜보면서 폴 클레멘트를 공략할 방법을 찾기라도 한 모양이었다.

실제로 타석에 들어선 비스트 포지의 얼굴은 미소가 가득했다. 본래 잘 웃는 편이지만 어딘지 모르게 여유가 넘쳐 보였다.

"좋아, 어디 한번 쳐 볼까?"

비스트 포지가 씩 웃으며 방망이를 들어 올렸다. 자연스럽게 폴 클레멘트의 얼굴에 긴장감이 감돌았다.

"휘둘리지 말자. 내 페이스대로 공을 던져야 해."

폴 클레멘트는 살짝 긴장한 얼굴로 사인을 기다렸다.

크리스티안 베탄코스의 초구 사인은 이번에도 바깥쪽이었다.

폴 클레멘트가 가볍게 고개를 끄덕였다. 그리고 비스트 포지가 좀처럼 때려내지 못할 코스로 힘껏 공을 내던졌다.

후앗!

폴 클레멘트의 손끝을 빠져 나간 공이 빠르게 홈 플레이트로 날아들었다. 그러자 비스트 포지가 망설이지 않고 적극적으로 방망이를 움직였다.

따악!

방망이 끝 부분에 걸린 타구가 라인 선상을 타고 쭉 뻗어 나갔다. 하지만 마지막 순간에 타구는 1루 측 관중석 너머로 사라져 버렸다.

"쳇, 타이밍이 맞았다고 생각했는데."

비스트 포지가 아쉽다는 표정을 지었다. 대기 타석에서 부지런히 타이밍을 맞췄는데 막상 타석에 들어서니 생각보다 공의 움직임이 더 좋아 보였다.

'위험해. 이대로 가다간 얻어맞겠어.'

크리스티안 베탄코스도 비스트 포지의 날카로운 스윙에 정신이 번쩍 들었다. 그래서 구종을 바꿔 2구째 커브를 요구했다.

따악!

비스트 포지는 이번에도 방망이를 내돌렸다. 하지만 너무 일찍 방망이에 걸려 버린 타구는 3루 쪽 파울라인을 크게 벗어나 버렸다.

그렇게 비스트 포지는 순식간에 투 스트라이크에 몰렸다. 하지만 비스트 포지는 여전히 여유만만이었다. 모르는 사람이 봤다면 볼카운트가 노 스트라이크 쓰리 볼이라고 착각이 들 정도였다.

"저 자식이!"

폴 클레멘트도 살짝 미간을 찌푸렸다. 투 스트라이크에 몰리고도 이죽대는 게 꼭 자신을 놀리는 것만 같았다.

"어디 맛 좀 봐라!"

크리스티안 베탄코스의 만류에도 불구하고 폴 클레멘트는 비스트 포지의 몸 쪽에 투심 패스트볼을 내던졌다.

후앗!

빠르게 날아든 공이 마지막 순간에 몸 쪽으로 날카롭게 꺾여 들어갔다. 그 순간.

따악!

비스트 포지가 있는 힘껏 방망이를 휘둘렀다.

방망이 중심에 제대로 걸린 타구가 좌익수와 중견수 사이를 가로지르며 뻗어 나갔다. 순간 강동원은 놀란 눈으로 자리에서 일어났다.

'서, 설마? 진짜로 홈런을 때린 거야?'

비스트 포지가 장담했던 것처럼 타구는 쭉쭉 뻗어 펜스를 향해 날아갔다. 관중들도 모처럼 스플래시 히츠라도 나올까 숨죽이며 지켜봤다.

하지만 마지막 순간에 힘을 잃은 타구는 펜스 상단에 맞고 다시 안으로 튀어 들어왔다.

파드리스의 중견수 트레비스 얀키우스키가 재빨리 공을

잡아 2루수 라이언 심플에게 내던졌다.

그 모습을 지켜보던 비스트 포지가 3루로 달리려는 걸 포기하고 2루 베이스에 멈춰 섰다. 그러고는 아쉽다며 제 손바닥을 힘껏 내려쳤다.

–포지! 홈런을 놓쳤습니다.

–정말 큰 타구였는데요. 마지막 순간에 바람의 방해를 받은 것 같습니다.

중계석에서도 아쉬움이 터져 나왔다. 농담이 아니라 1미터만 더 높았어도 분명히 홈런이 될 수도 있는 상황이었다.

"에이, 좀만 더 가면 됐는데, 아깝다!"

강동원도 격한 안타까움을 드러냈다.

하지만 정작 비스트 포지는 아무렇지 않게 장비를 벗으며 코치에게 전해 주었다. 그리고 박수를 치며 다음 타자를 격려했다.

"좋았어! 그대로 이어받아서 한 방 치라고, 헌터!"

2사 주자 2루 상황에서 자이언츠의 4번 타자 헌터 페이스 비장한 얼굴로 타석에 들어섰다. 주자가 스코어링 포지션에 나가 있기 때문에 짧은 안타만 쳐도 충분히 점수를 뽑아낼 수 있었다.

헌터 페이스는 긴장한 표정으로 오른 다리를 타석에 고정시켰다. 그 상태로 왼발을 살짝 앞으로 내디디며 폴 클레멘트의 초구를 기다렸다.

헌터 페이스만큼이나 긴장된 얼굴을 하고 있던 폴 클레멘트은 초구 사인을 받자마자 힘차게 공을 던졌다.

후앗!

바깥쪽으로 도망치듯 빠지는 포심 패스트볼이었다.

퍼엉!

헌터 페이스가 지켜보는 가운데 공은 그대로 포수의 미트에 파묻혔다. 하지만 구심은 아무런 반응도 보이지 않았다. 살짝 빠졌다고 판단한 것이다.

"제길."

질근 입술을 깨물며 크리스티안 베탄코스는 2구 역시 같은 코스로 공을 요구했다. 하지만 이번에도 구심의 팔은 움직이지 않았다.

"뭐야? 아까는 스트라이크로 잡아줬잖아?"

폴 클레멘트가 불만스럽게 투덜거렸다. 비스트 포지에게 장타를 얻어맞은 이후로 제구가 미세하게 흔들리고 있었지만 폴 클레멘트는 모든 걸 구심의 변덕이라 치부했다.

"자자. 진정하라고, 폴. 일단 스트라이크를 잡는 게 먼저야."

크리스티안 베탄코스가 미트를 가볍게 두드렸다. 그리고 헌터 페이스의 몸 쪽으로 미트를 붙여 넣었다.

사인을 확인한 폴 클레멘트가 곧장 투구판을 박차고 나갔다.

후앗!

폴 클레멘트의 손끝을 빠져 나간 공이 곧장 몸 쪽으로 날카롭게 파고들었다. 그러자 헌터 페이스는 처음으로 허리를 비틀었다.

따악!

방망이와 공이 거칠게 부딪쳤다. 하지만 방망이 밑동에 걸린 공은 홈 플레이트에 부딪친 뒤 그대로 파울라인 밖으로 벗어나 버렸다.

"젠장, 공이 너무 좋잖아."

헌터 페이스는 살짝 눈살을 찌푸렸다. 충분히 잡았다고 생각했는데 대기 타석에서 봤던 것보다 무브먼트가 상당했다.

원 스트라이크 투 볼 상황에서 헌터 페이스는 여유를 가졌다. 어차피 볼카운트는 자신이 앞서고 있었다. 서두를 의미가 전혀 없었다.

반면 폴 클레멘트는 헌터 페이스를 범타로 돌려세워야 한다는 압박감이 심했다.

후앗!

폴 클레멘트의 손을 빠져 나간 공이 큰 궤적을 그리며 바깥쪽으로 날아갔다.

하지만 애석하게도 스트라이크존과는 큰 차이를 보이며 떨어졌다. 마치 손에서 완전히 빠지기라도 한 것처럼 말이다.

"뭐야? 이런 공도 치라고 던지는 건가?"

헌터 페이스는 순간 헛웃음이 났다. 빠른 공으로 계속 승부를 걸어왔으니 커브가 날아들지도 모른다고 예상했지만 이런 터무니없는 공에는 방망이를 내돌릴 수가 없었다.

그만큼 폴 클레멘트는 궁지에 몰려 있었다. 비스트 포지가 출루한 뒤로 제구가 흔들리면서 원하는 대로 공을 던지지 못하고 있었다.

게다가 세트 포지션에 대한 부담감이 큰 것 같았다. 아무래도 와인드업 포지션으로 던질 때보다는 구속이나 구위가 떨어질 수밖에 없는 데다가 볼카운트까지 불리해졌으니 헌터 페이스에게 쉽게 덤벼들지 못했다.

퍼엉!

결국 5구째 몸 쪽으로 붙여 넣은 투심 패스트볼이 또 한 번 스트라이크존을 벗어나 버렸다.

"걸어 나가라는데 걸어 나가야지. 별수 있나."

헌터 페이스는 웃으면서 1루로 진출했다. 폴 클레멘트가 매서운 눈으로 노려봤지만 별다른 불상사는 일어나지 않았다.

2사 주자 1, 2루가 된 상황에서 5번 타자 브래드 벨트가 타석에 들어섰다.

"좋아, 좋아."

브래드 벨트가 씩 웃으며 방망이를 단단히 움켜쥐었다. 상대 투수 폴 클레멘트가 흔들리고 있으니 초구부터 공격적으로 임할 생각이었다.

폴 클레멘트는 브래드 벨트의 버릇을 고쳐 주겠다며 몸 쪽으로 힘껏 공을 붙여 넣었다. 하지만 그 공이 살짝 높게 제구되면서 브래드 벨트의 노림수에 걸려들고 말았다.

따악!

브래드 벨트가 힘껏 잡아당긴 타구가 우익수 앞으로 떨어졌다. 비스트 포지는 타격 소리가 들리자마자 곧장 3루로 달리더니 이내 홈으로 방향을 틀었다.

"어딜!"

우익수 자바라 블랙은 공을 잡기가 무섭게 곧바로 홈으로 승부수를 던졌다.

좌라라락!

홈 플레이트 위로 민지바람이 피어올랐다. 눈을 부릅뜬 채 홈 플레이트 쪽을 바라보던 구심이 두 팔을 쫙 펼쳤다.

비스트 포지의 멋진 슬라이딩이 선취점으로 이어진 것이다.

"봤어? 봤냐고!"

비스트 포지가 당당한 표정으로 더그아웃으로 돌아왔다. 동료들은 환호성을 내지르며 비스트 포지와 손뼉을 부딪쳤다.

"포지! 최고예요!"

강동원도 박수를 쳐대며 비스트 포지를 반겼다. 그러자 비스트 포지가 씩 웃으며 말했다.

"강, 기대해. 저 녀석에게 꼭 홈런을 때려낼 테니까."

비스트 포지의 시선이 폴 클레멘트를 향했다. 그러자 폴 클레멘트가 얼굴을 붉히더니 신경질적으로 마운드를 걷어차 버렸다.

그렇게 흥분이 가라앉은 사이 타석에 6번 타자 브래드 크로포트가 들어왔다.

"나도 하나 때려보실까?"

브래드 크로포트가 루상을 바라봤다. 헌터 페이스가 3루에, 브래드 벨트가 1루에 서 있었다. 2사 이후이지만 안타 하나면 또다시 한 점을 뽑아낼 수 있었다.

그런데 눈 깜짝할 사이에 브래드 크로포트가 타점을 올릴 기회가 사라지고 말았다.

원 스트라이크 투 볼.

볼카운트가 몰린 폴 클레멘트는 브래드 크로포트를 유인

하기 위해 바깥쪽에 떨어지는 체인지업을 던졌다. 그런데 어깨에 너무 힘이 들어간 나머지 공이 낮게 깔렸다. 그러고는 홈 플레이트를 지나치기도 전에 바운드가 되고 말았다.

"젠장!"

포수 크리스티안 베탄코스가 블로킹을 시도하자 1루 주자 브래드 벨트가 재빨리 도루를 시도했다. 하지만 공교롭게도 크리스티안 베탄코스의 가랑이 사이로 빠진 공이 구심의 발에 걸려 다시 포수석 쪽으로 굴러오면서 상황이 미묘하게 변했다.

"어딜!"

크리스티안 베탄코스는 재빨리 공을 주워 2루로 송구했다.

펑!

2루수 라이언 심플이 높게 솟구친 송구를 껑충 뛰어 올라 잡고는 그대로 베이스 태그에 들어갔다.

"크아아아!"

브래드 벨트도 악을 내지르며 헤드 퍼스트 슬라이딩을 시도했다.

촤아아아!

홈 플레이트에 이어 2루 베이스에서도 흙먼지가 일어났다.

2루심은 허리를 숙인 채, 손과 글러브가 만나는 순간을 정확하게 확인했다. 그러고는 주먹 쥔 손을 단호하게 높이 들어 올렸다.

"아웃!"

브래드 벨트가 미간을 찌푸리며 몸을 일으켰다. 송구가 높게 날아들 때까지만 해도 충분히 살 수 있을 거라 여겼는데 라이언 심플의 대처가 너무 좋았다.

그렇게 자이언츠의 1회 말 공격은 아쉽게 끝이 났다.

"후우……."

폴 클레멘트가 지친 얼굴로 마운드를 내려갔다. 1회 초 투구 수는 22개. 삼진 1개를 솎아냈지만 안타 2개와 사사구 1개를 내주며 1실점하고 말았다.

"이제 내 차례인가?"

타자들 덕분에 푹 쉰 강동원은 느긋하게 마운드에 올랐다.

타석에는 파드리스의 4번 타자 윌 마이스가 섰다. 선취점을 내주었기 때문일까. 윌 마이스가 강동원을 매섭게 노려보았다.

하지만 강동원은 눈 하나 까딱하지 않았다. 중심 타자라고 해서 미리 겁먹을 필요 없었다. 게다가 포수석에 비스트 포지가 앉아 있으니 겁낼 이유도 없었다.

팡! 팡!

비스트 포지는 초구에 바깥쪽을 파고드는 포심 패스트볼

사인을 냈다. 사인을 확인한 강동원이 가볍게 고개를 끄덕였다. 그리고 비스트 포지의 미트를 향해 힘껏 공을 내던졌다.

퍼엉!

순식간에 홈 플레이트를 스쳐 지난 공이 비스트 포지의 미트를 흔들었다.

"스트라이크!"

구심이 망설이지 않고 오른팔을 들어 올렸다.

전광판에는 96mile/h(≒154.5km/h)의 구속이 찍혔다.

"좋았어!"

비스트 포지가 만족스러운 얼굴로 크게 소리쳤다. 특별히 대단한 공이 들어온 건 아니지만 비스트 포지는 자신이 요구하는 대로 정확하게 공을 던지려 노력하는 강동원이 너무나 마음에 들었다.

강동원도 피식 웃으며 다시 투구판에 발을 올렸다. 그러자 비스트 포지가 곧장 손가락을 움직였다.

2구째 사인은 바깥쪽 슬라이더를 요구했다.

강동원은 비스트 포지의 요구대로 스트라이크존 가장자리에 걸치듯 공을 내던졌다.

하지만 구심은 살짝 빠졌다는 판단을 내렸다.

원 스트라이크 원 볼.

비스트 포지는 강동원에게 몸 쪽 공을 요구했다.

원래대로라면 커브 사인이 나왔겠지만 비스트 포지의 손가락은 포심 패스트볼이었다.

강동원은 글러브 안에서 공을 돌렸다. 매일같이 만져 왔던 공이라서인지 포심 그립이 단숨에 잡혔다.

강동원이 씩 웃으며 자세를 바로잡았다. 그리고 비스트 포지의 미트를 향해 힘껏 공을 내던졌다.

퍼엉!

강동원의 손끝을 빠져 나간 공이 곧장 윌 마이스의 몸 쪽을 파고들었다.

"스트라이크!"

구심이 이번에도 망설이지 않고 오른팔을 들어 올렸다.

"젠장."

윌 마이스가 입술을 질끈 깨물었다. 분명 커브가 들어와야 할 타이밍이었는데 역으로 빠른 공이 들어올 줄은 예상하지 못한 눈치였다.

"볼배합을 비튼 건가?"

윌 마이스는 당황한 표정으로 중얼거렸다. 그러고는 잠시 타석에서 벗어나 장갑을 고쳐 쓰는 척하며 시간을 벌었다.

"마이스, 시간 끌지 마."

기다리다 못한 구심이 윌 마이스에게 주의를 주었다.

"칫."

결국 윌 마이스는 머릿속을 정리하지 못 한 채로 타석에 들어섰다. 그러고는 괜히 비스트 포지에게 푸념했다.

"뭐야? 이번엔 뭘 던질 생각인데?"

"하하. 왜? 알려주면 쳐 보시게?"

"내가 저 애송이의 공을 못 때릴 거 같아?"

"그럼 알려줄 필요 없잖아. 안 그래?"

비스트 포지가 코웃음을 쳤다.

"크윽!"

강동원에 이어 비스트 포지에게까지 농락을 당한 윌 마이스가 질근 입술을 깨물었다.

그사이 사인 교환을 마친 강동원이 힘차게 투구판을 박차고 나갔다.

후앗!

강동원의 손을 빠져 나간 공이 빠르게 윌 마이스의 눈높이로 날아들었다.

'빠른 공!'

윌 마이스가 반사적으로 방망이를 내돌렸다. 하지만 마지막 순간에 뚝 하고 떨어져 내린 공은 윌 마이스의 스윙을 피해 그대로 비스트 포지의 미트 속에 파묻혔다.

"스트라이크, 아웃!"

구심이 요란스럽게 삼진을 외쳤다.

"후우……."

윌 마이스가 반쯤 넋이 나간 얼굴로 타석을 벗어났다. 그 모습을 지켜보며 강동원이 피식 웃음을 흘렸다.

-강! 오늘 정말 대단합니다.

-그렇습니다. 이제 2회 초인데 벌써 삼진만 세 개째입니다. 게다가 아직까지 위기 한 번 맞지 않고 있습니다.

강동원의 호투에 반응하듯 중계진이 목소리 톤을 높이기 시작했다.

그사이 5번 타자 라이언 심플이 모습을 드러냈다.

"라이언 심플, 더블 A에서 타율 1할이었지……."

라이언 심플은 작년 중반 메이저리그에 올라온 신인 선수였다.

더블 A에 머물 때까지만 해도 라이언 심플은 마이너리그의 수준급 투수도 제대로 공략하지 못하고 있었다. 그러나 트리플 A를 거쳐 메이저리그에 이름을 올리면서 그는 완전히 다른 실력을 보여줬다.

트리플 A에서 51경기를 치르는 동안의 타율은 무려 0.355.

리그를 맹폭한 라이언 심플은 당당하게 메이저리그에 올라왔다. 그리고 7월 한 달간 무려 9개의 홈런을 터뜨리며 내셔널리그 이달의 신인상까지 받았다.

라이언 심플의 지난해 성적을 보니 21개의 안타 중 15개가 장타였다. 그 한 방 능력 때문인지 파드리스는 라이언 심플을 과감하게 5번 타순에 배치하고 있었다.

강동원이 유심한 눈으로 라이언 심플을 바라봤다. 라이언 심플은 강동원 따위는 신경 쓰지 않는다는 듯 기세등등한 표정으로 방망이를 들어 올렸다.

"일단은 신중하게 던지자."

강동원의 시선이 비스트 포지에게 향했다. 비스트 포지는 초구에 바깥쪽 포심 패스트볼을 요구했다. 비스트 포지 역시 라이언 심플의 장타력을 의식한 것이다.

사인을 확인한 강동원이 단단히 고개를 끄덕였다. 그리고 힘차게 투구판을 박차며 공을 던졌다.

후앗!

강동원의 손끝을 빠져 나간 공이 바람소리를 내며 홈 플레이트 바깥쪽을 파고들었다. 그러고는.

퍼엉!

묵직한 포구 소리를 남긴 채 비스트 포지의 미트 속으로 사라졌다.

전광판에 찍힌 구속은 무려 98mile/h(≒157.7km/h).

비록 스트라이크 판정을 받진 못했지만 라이언 심플의 기를 죽이는 데는 충분했다.

'저 자식, 빠르잖아?'

잠시 타석에서 벗어난 라이언 심플이 강동원의 초구를 머릿속에 그리며 방망이를 힘차게 돌렸다.

훙! 후웅!

매섭게 허공을 가른 방망이가 그 잘난 포심 패스트볼을 다시 한번 던져 보라며 강동원을 자극했다.

하지만 포심 패스트볼에 강하다고 알려진 라이언 심플에게 연달아 포심 패스트볼을 보여줄 이유는 전혀 없었다.

'이번엔 이걸로.'

비스트 포지가 침착하게 손가락을 움직였다. 사인을 확인한 강동원은 가볍게 고개를 끄덕인 뒤 비스트 포지의 미트를 향해 빠르게 공을 내던졌다.

후앗!

강동원의 손을 빠져 나간 공이 큰 포물선을 그리며 날아들었다.

'커브!'

구종을 파악한 라이언 심플이 망설이지 않고 방망이를 돌렸다. 노리는 공은 아니었지만 강동원의 잘난 커브를 한 번 때려내 보고 싶었다.

그러나 강동원의 커브는 라이언 심플이 지금껏 상대했던

커브들과는 질적으로 달랐다.

정점을 지나 낙하를 시작하던 공이 마지막 순간에 뚝 하고 떨어졌다. 자연스럽게 자신만만했던 라이언 심플의 얼굴이 와락 일그러졌다.

'쳐야 해!'

라이언 심플은 타격 폼이 무너지는 상황에서도 방망이를 내밀었다. 그래 봐야 좋은 타구가 나오지 않겠지만 이대로 허무하게 헛스윙을 하고 싶지 않았다.

그 노력이 통한 것일까.

딱!

방망이 끝에 아슬아슬하게 걸린 공이 둔탁한 소리를 내며 3루 라인을 타고 흘렀다.

'벗어나라!'

소기의 목적을 달성한 라이언 심플은 타구가 그대로 파울이 되길 바랐다. 하지만 공은 그대로 굴러 3루수 앞까지 이어졌다.

"크아!

타구를 확인한 라이언 심플은 뒤늦게 1루로 뛰어갔다. 하지만 3루수 에두아르 누네스가 여유롭게 던진 공이 한참 먼저 1루 베이스에 도착했다.

그렇게 두 번째 아웃 카운트가 만들어졌다.

"좋아. 좋아."

강동원이 만족스러운 듯 고개를 끄덕였다.

그때 대기 타석에 있던 6번 타자 자바라 블랙이 타석으로 들어왔다.

자바라 블랙은 앞선 타자들과 달리 초구부터 방망이가 돌아갔다.

따악!

강동원이 바깥쪽에 낮게 집어넣은 포심 패스트볼을 때려내 포수 뒤쪽 관중석에 떨어지는 파울을 만들었다.

자바라 블랙은 2구째 몸 쪽을 파고드는 포심 패스트볼도 놓치지 않았다.

따악!

제법 날카로운 방망이 소리가 울릴 만큼 있는 힘껏 공을 잡아당겼다.

그러나 타구는 일찌감치 1루 쪽 파울라인을 벗어나가 버렸다. 그사이 전광판의 볼카운트가 투 스트라이크로 변했다.

강동원은 마운드 뒤쪽으로 내려가 로진백을 가볍게 주물렀다.

투 아웃에 투 스트라이크다. 빨리 아웃 카운트를 잡고 싶은 마음에 서둘렀다가 안타를 얻어맞게 될 수 있었다.

강동원은 느긋하게 숨을 조금 고른 후 투구판을 밟았다.

그러자 비스트 포지가 빠르게 손가락을 움직였다.

3구 사인은 바깥쪽에 아슬아슬하게 걸치는 포심 패스트볼이었다. 2구 연속 포심 패스트볼을 던진 만큼 자바라 블랙이 커브를 기다릴 거라는 판단을 내린 모양이었다.

강동원은 군말 없이 비스트 포지의 미트를 향해 공을 던졌다.

퍼엉!

순식간에 홈 플레이트를 가로지른 공이 비스트 포지의 미트를 흔들어 놓았다.

"좋았어!"

비스트 포지가 삼진을 확신하며 엉덩이를 들어 올렸다. 하지만 애석하게도 주심의 손은 올라가지 않았다.

"칫, 빠졌다는 건가?"

비스트 포지가 자바라 블랙을 힐끔 바라봤다. 하마터면 3구 삼진을 당할 뻔했지만 자바라 블랙은 별로 당황하는 기색이 아니었다.

그저 쓱 공을 지켜보고는 묘한 표정으로 고개를 주억거렸다.

'역시나 커브가 오길 바라는 건가?'

비스트 포지가 미트를 고쳐 낀 뒤 포수석에 앉았다. 앞선 타자들이 패스트볼에 당했으니 커브를 기다리는 계산도 나쁘지 않아 보였다.

'어찌한다.'

비스트 포지의 시선이 강동원에게 향했다.

이미 3구 연속 포심 패스트볼을 던진 상황이었다.

여기서 또다시 포심 패스트볼을 요구해야 할지, 아니면 정석대로 커브나 변화구 사인을 내야 할지 고민이 들었다.

하지만 그 고민은 오래가지 않았다. 강동원의 뜨거운 눈빛을 접하고는 피식 웃으며 손가락을 움직였다.

'또 포심이라고?'

강동원은 사인을 받고 살짝 눈을 치떴다. 하지만 고개를 흔들지는 않았다. 비스트 포지가 4구 연속 포심 패스트볼을 요구했다는 건 그만큼 자신의 포심 패스트볼이 좋다는 의미였다.

'좋아. 어디 한번 해보자!'

강동원은 단단히 고개를 끄덕였다. 그리고 왼발을 높이 차올린 뒤 최대한 앞쪽으로 내딛으며 몸통을 끌어냈다.

후앗!

강동원의 손에서 흩뿌리듯 날아간 공이 순식간에 홈 플레이트를 파고들었다. 그러자 자바라 블랙의 얼굴이 와락 일그러졌다.

어처구니없게도 메이저리그 타자를 상대로 4구 연속 포심 패스트볼이었다.

그보다 더 어처구니가 없는 건 코스.

몸 쪽으로 치우치긴 했지만 거의 한복판이나 다름없는 공이었다.

"감히!"

자바라 블랙이 이를 악물며 방망이를 내돌렸다. 그러나 전력을 다한 강동원의 공은 그보다 한발 먼저 비스트 포지의 미트에 파묻혔다.

퍼엉!

"스트라이크 아웃!"

묵직한 포구 소리와 구심의 콜 소리가 동시에 울려 퍼졌다. 뒤이어 전광판에 98mile/h(≒157.7km/h)이라는 숫자가 찍혔다.

"크아아!"

강동원이 주먹을 내지르며 포효했다. 그런 강동원을 노려보며 자바라 블랙이 고개를 절레절레 흔들어 댔다.

두 개의 삼진을 추가한 강동원이 여유롭게 마운드를 내려갔다. 그리고 잠시 후, 마운드에 오른 폴 클레멘트는 자이언츠의 하위 타순을 상대하기 시작했다.

선두 타자는 6번 타자 브래드 크로포트. 1회 초 마지막 타석에 섰다가 브래드 벨트의 주루사 때문에 이번 이닝에 다시 나오게 됐다.

브래드 크로포트는 폴 클레멘트가 아까처럼 도망가는 피칭을 선보일 거라 여겼다. 하지만 루상에 주자가 없는 상황에서 폴 클레멘트가 겁먹을 이유는 전혀 없었다.

'분위기를 끊어야 해!'

폴 클레멘트는 이를 악 물고 공을 던져 댔다.

퍼엉!

1회보다 더욱 예리해진 투심 패스트볼의 움직임 앞에 브래드 크로포트는 3구 만에 유격수 땅볼로 아웃되고 말았다.

7번 타자 에두아르 누네스도 힘 한 번 써 보지 못하고 물러났다. 풀카운트까지 끌고 오는 데는 성공했지만 6구째 헛스윙 삼진으로 물러나고 말았다.

8번 타자 조 패인 역시 5구째 들어온 커브를 건드렸다가 우익수 플라이로 물러났다.

"후우……."

2회 말을 삼자범퇴로 마무리 지으며 폴 클레멘트가 당당히 마운드를 내려갔다. 그리고 그 빈자리를 다시 강동원이 채웠다.

파드리스의 3회 초 공격은 7번 타자 루이스 사다스부터 시작됐다.

"하위 타선이니까 편하게 가자."

강동원은 한결 가벼운 마음으로 투구에 임했다. 포심 패스트볼에 대한 자신감이 긴장감을 풀어지게 만들었다.

루이스 사다스와의 승부는 좋았다.

—역시 강동원 선수! 3구 만에 슬라이더로 상대 타자를 잡아냈습니다.

—루이스 사다스, 대처가 조금 아쉬웠습니다. 조금만 타이밍을 맞췄다면 투수 앞 땅볼이 아니라 좋은 타구를 만들어낼 수 있었을 텐데 말이죠.

—이제 8번 타자 크리스티안 베탄코스 타석에 들어섭니다.

3구째 바깥쪽 슬라이더로 투수 앞 땅볼을 유도해 내며 가볍게 첫 번째 아웃 카운트를 잡아냈다.

그런데 크리스티안 베탄코스와의 승부에서 봉변을 당할 뻔했다.

따악!

투 스트라이크 원 볼 상황에서 몸 쪽으로 붙인 포심 패스트볼이 거의 한복판으로 날아든 것이다.

크리스티안 베탄코스는 망설이지 않고 공을 잡아당겼다. 타이밍은 살짝 늦었지만 거의 방망이 중심에 걸린 타구는 센터 방면으로 쭉쭉 뻗어 나갔다.

"크다!"

중견수 다나드 스팬은 타구 소리를 듣기가 무섭게 재빨리 뒤로 뛰어갔다. 그러다 팬스에 막혀 더 이상 갈 데가 없게 되자 질근 입술을 깨물었다.

"좋아. 어디 한번 해보자!"

크게 솟구쳐 날아온 공이 어느새 다나드 스팬의 머리 위까지 도달해 있었다.

다나드 스팬은 무릎을 구부리고 개구리 같은 자세로 최대한 높이 뛰어올랐다.

탁!

담장을 살짝 넘길 듯 뚝 하고 떨어지던 타구가 아슬아슬하게 다나드 스팬의 글러브 끝에 걸려들었다.

다나드 스팬은 혹시라도 공을 놓칠까 봐 글러브에 잔뜩 힘을 주었다.

그리고 다시 착지하고 난 다음에 모두를 향해 공을 빼서 들어보였다.

"후우……."

"넘어가는 줄 알았네."

갑작스러운 타구에 놀랐던 자이언츠의 팬들은 그제야 안도의 한숨을 내셨다.

—다나스 스팬! 슈퍼 플레이입니다!

—용케도 그걸 잡았네요. 그야말로 메이저리그에 어울릴 만한 수비입니다.

중계진도 감탄을 금치 못했다. 다나드 스팬의 빠른 판단이 없었다면 그대로 2루타를 헌납했을지도 모를 일이었다.

"넘어가는 줄 알았네."

마운드에 선 강동원도 가슴을 쓸어내렸다. 타구 소리만 듣고 넘어갈지도 모른다고 생각했는데 다나드 스팬의 멋진 호수비에 위기를 벗어날 수 있었다.

강동원은 제자리로 돌아오는 다나드 스팬을 향해 글러브로 박수를 쳤다. 다나드 스팬도 씩 웃고는 강동원을 향해 손을 흔들어보였다.

투 아웃.

아직 긴장감이 감도는 타석에 올라온 타자는 투수 폴 클레멘트였다.

"이제부터는 정신 바짝 차리자."

같은 투수였지만 강동원은 망설이지 않고 폴 클레멘트를 향해 빠른 공을 찔러 넣었다.

퍼엉!

바깥쪽을 파고든 초구가 그대로 스트라이크존을 꿰뚫었다.

퍼엉!

몸 쪽 낮게 깔려든 2구째 포심 패스트볼 앞에 폴 클레멘트는 앓는 듯한 신음을 내뱉고 말았다.

“역시 의외로 이런 게 먹힌다니까.”

강동원이 씩 웃었다. 타석에 익숙하지 않은 투수들은 대게 포심 패스트볼보다 변화구에 약한 모습을 보였다.

하지만 포심 패스트볼에 자신이 있다면 굳이 유인구를 던져 승부할 필요가 없었다.

“자, 이제 끝내보실까?”

강동원이 비스트 포지를 바라봤다. 비스트 포지가 기다렸다는 듯이 커브 사인을 냈다.

코스는 바깥쪽.

어지간히 노리지 않고서는 건드리기도 쉽지 않은 코스였다.

강동원은 가볍게 고개를 끄덕였다. 그러곤 비스트 포지의 미트를 향해 힘차게 공을 내던졌다.

후앗!

강동원의 손끝을 빠져 나간 공이 큰 포물선을 그리며 날아들었다.

“크윽!”

폴 클레멘트가 어떻게든 공을 맞혀보려 애를 썼지만.

퍼억!

방망이는 허무하게 허공을 가르고 말았다.

"저 자식이!"

3구 삼진을 당한 게 분한 듯 폴 클레멘트가 강동원을 매섭게 째려보았다.

하지만 강동원은 아랑곳 않고 마운드를 내려갔다. 그 모습에 폴 클레멘트는 더욱 속이 부글부글 끓어올랐다.

"옐로 몽키, 부숴 버리겠어!"

폴 클레멘트는 진부한 악당 같은 대사를 날리며 곧바로 마운드에 올라갔다. 그리고 복수를 다짐한지 10분도 채 안 되어 그 상대가 모습을 드러냈다.

"강, 무리하게 힘 빼진 마. 삼진이 되어도 좋으니까. 알았지?"

"네, 코치님."

강동원은 담담한 얼굴로 대기 타석에 섰다. 그리고 폴 클레멘트의 연습 투구에 맞춰 몇 번 방망이를 휘둘러보았다.

'고작 그런 걸로 내 공을 맞힐 수 있다고 생각하는 거냐? 애송이, 각오해라.'

강동원이 타석에 들어서자 폴 클레멘트가 질근 입술을 깨물었다.

자연스럽게 강동원의 표정도 굳어졌다. 투수가 대놓고 마운드 위에서 적개심을 보이는데 긴장하지 않을 타자는 없었다.

'무리해서 쫓아다니지 말자. 가운데로 오는 공만 노리자!'

강동원은 속으로 중얼거렸다. 그 순간.

후앗!

폴 클레멘트의 초구가 날아왔다.

강동원은 자신처럼 폴 클레멘트가 빠른 공으로 윽박지를 거라 여겼다. 하지만 정작 공은 큼지막한 포물선을 그리더니 강동원의 머리 위에서 뚝 하고 떨어져 내렸다.

"젠장."

타격 타이밍을 놓친 강동원이 입술을 깨물었다. 그사이 구심이 가볍게 오른팔을 들어 올렸다.

"초구부터 커브라니. 장난이 심하잖아."

강동원이 볼멘소리로 중얼거렸다. 왠지 폴 클레멘트에게 무시당하고 있다는 생각마저 들었다.

그러자 필 너반 3루 코치가 집중하라며 손뼉을 쳤다.

"침착하자, 침착해."

강동원은 방망이를 움켜쥐며 2구를 기다렸다. 폴 클레멘트는 히죽 웃더니 빠르게 공을 내던졌다.

후앗!

폴 클레멘트의 손을 빠져 나간 공이 기이한 궤적을 그리며 바깥쪽을 파고들었다. 바깥쪽으로 꽉 차게 들어가는 백도어성 투심 패스트볼이었다.

강동원의 눈에는 당연히 멀게만 느껴졌다. 하지만 구심은 망설이지 않고 오른팔을 들었다.

"스트라이크!"

"어?"

강동원은 타석에서 물러나며 혀를 내둘렀다.

'공이 들어왔었나? 멀어 보였는데.'

공이 너무 빨라 백도어성으로 들어왔다는 사실조차 인지가 되지 않았다. 그렇다고 구심에게 토를 달 수도 없는 노릇이었다.

'다음에 들어오면 휘두른다!'

강동원이 마음을 다잡고 방망이를 움켜 들었다. 그러자 폴 클레멘트가 씩 웃더니 빠르게 투구판을 박차고 나갔다.

후앗!

바람 소리와 함께 날아든 공이 한복판으로 날아들었다.

'빠른 공!'

강동원은 이를 악물고 방망이를 휘둘렀다. 그러나 폴 클레멘트의 투심 패스트볼은 무브먼트가 상당했다. 충분히 때려낼 수 있다고 생각했건만.

딱!

공은 방망이 윗부분을 스쳐 지나가 버렸다.

그리고 그 공을 크리스티안 베탄코스가 재빨리 포구해

냈다.

"쳇!"

파울 팁 삼진을 당한 강동원이 미간을 찌푸리며 타석에서 내려갔다. 그런 강동원을 바라보며 폴 클레멘트가 챔피언 같은 표정을 지어 보였다.

그렇게 강동원과 폴 클레멘트의 전쟁이 점점 뜨겁게 달아올랐다.

to be continued